AF107316

www.ingramcontent.com/pod-product-compliance
Lightning Source LLC
LaVergne TN
LVHW010402070526
838199LV00065B/5878
* 9 7 8 9 3 5 8 7 2 8 7 5 0 *

جھنگا پہلوان کے کارنامے

(بچوں کے لیے مزاحیہ کہانیاں)

ایم مبین

© M. Mubeen
Jhinga Pahelwan ke kaarnaame *(Kids Stories)*
by: M. Mubeen
Edition: August '2024
Publisher :
Taemeer Publications LLC (Michigan, USA / Hyderabad, India)

ISBN 978-93-5872-875-0

مصنف یا ناشر کی پیشگی اجازت کے بغیر اس کتاب کا کوئی بھی حصہ کسی بھی شکل میں بشمول ویب سائٹ پر اَپ لوڈنگ کے لیے استعمال نہ کیا جائے۔ نیز اس کتاب پر کسی بھی قسم کے تنازع کو نمٹانے کا اختیار صرف حیدرآباد (تلنگانہ) کی عدلیہ کو ہو گا۔

© ایم مبین

کتاب	:	**جھنگا پہلوان کے کارنامے** (کہانیاں)
مصنف	:	**ایم مبین**
پروف ریڈنگ / تدوین	:	اعجاز عبید
صنف	:	ادب اطفال
ناشر	:	تعمیر پبلی کیشنز (حیدرآباد، انڈیا)
سالِ اشاعت	:	۲۰۲۴ء
صفحات	:	۱۰۴
سرورق ڈیزائن	:	تعمیر ویب ڈیزائن

فہرست

اپنی بات		6
(۱) جھنگا پہلوان کا اغوا		8
(۲) جھنگا پہلوان نے کرکٹ کھیلا		20
(۳) جھنگا پہلوان نے امپائرنگ کی		36
(۴) جھنگا پہلوان نے انٹرویو دیا		48
(۵) جھنگا پہلوان ڈبلیو ڈبلیو ای کے رِنگ میں		60
(۶) جھنگا پہلوان بُرے پھنسے		71
(۷) جھنگا پہلوان ریفری بنے		83
(۸) جھنگا پہلوان نے کراٹے سیکھا		94

اپنی بات

میرا ایک کردار ہے "جمبو ہاتھی" اس کردار پر بچوں کے لیئے ہندی میں، میں نے تیس چالیس کہانیاں لکھی تھیں جو ہندی کے بچوں کے مقبول عام رسالے 'چمپک' میں شائع ہوئی ہیں۔ ایک دن میری پانچ سالہ بیٹی اِعفا مجھ سے کہنے لگی، "ابا کوئی کہانی سنایئے!" اس کی فرمائش پر میں نے اسی کردار پر لکھی اپنی ایک کہانی "جمبو نے کرکٹ کھیلا"، سنانی شروع کر دی۔

لیکن اِعفا نے درمیان میں ہی مجھے روک دیا۔

"بھلا کوئی ہاتھی بھی کرکٹ کھیل سکتا ہے؟ کرکٹ تو انسان کھیلتے ہیں۔ انسانوں کی کہانی سنایئے۔"

اب میرے لئے بڑی مشکل پیدا ہو گئی۔ کہانی وہی سنانی تھی اور انسانی کرداروں کے ذریعے۔ انسانی کردار میں ڈھالنے کے بعد کہانی کا مزہ اور مزاح بھی ختم نہیں ہونا چاہیئے۔ میرے دماغ نے تیزی سے کام کرنا شروع کر دیا۔ کردار کوئی بہت موٹا آدمی ہونا چاہیئے جس کو کرکٹ کھیلنے میں تکلیف ہو۔ وہ کردار کوئی پہلوان ہو سکتا۔ پہلوان کا نام بھی مزاحیہ ہونا چاہیئے، میری بلڈنگ کے بچے ایک لڑکے کو "جھنگا پہلوان"، کہہ کر چڑاتے تھے۔ فوراً میں نے اس کردار کا نام "جھنگا پہلوان" دے دیا۔ اور جب جھنگا پہلوان کے کردار کے ساتھ میں نے وہ کہانی اِعفا اور دوسرے بچوں کو سنائی تو انہیں بڑا مزہ آیا۔

اس کے بعد بچے خود مجھے کہانیوں کے پلاٹ دیتے رہے۔ "جھنگا پہلوان اگر ڈبلیو ڈبلیو ای کے رنگ میں جائیں گے تو کیسی کہانی ہو گی؟" "اگر جھنگا پہلوان کراٹے سیکھیں گے تو کیا ہو گا؟"

اور اس طرح اس کردار پر کہانیاں بنتی چلی گئیں۔

کچھ پرانی کہانیاں بھی اس کردار میں ڈھل گئیں تو کچھ نئے پلاٹ بھی۔۔۔۔

اور اس طرح جھنگا پہلوان کی کہانیوں کا مجموعہ تیار ہو گیا جو آپ کے ہاتھوں میں ہے۔

ایم مبین
۳۰۳۔ کلاسک پلازہ،
تین بتی، بھیونڈی۔ ۴۲۱۳۰۲، ضلع تھانہ (مہاراشٹر)

* * *

جھنگا پہلوان کا اغوا

ٹونی اور مونی دو بدمعاش تھے۔ پیسوں کے لئے وہ ہر الٹا سیدھا، غلط، جائز ناجائز کام کرنے کو تیار رہتے تھے۔ ہر کوئی اپنا غلط کام کرانے کے لئے ان کی خدمات حاصل کرتا تھا۔ پیسوں کے لئے وہ کچھ بھی کرسکتے تھے۔ اس لئے سبھی کے الٹے سیدھے کام کر دیتے تھے۔ ان دنوں ان کے بہت برے دن گزر رہے تھے۔

بہت دنوں سے کوئی کام نہیں ملا تھا جس کی وجہ سے بہت کڑکی چل رہی تھی۔ وہ کام کی تلاش میں تھے۔ لیکن کام ان سے دور بھاگ رہا تھا۔ وہ اتنے بے بس اور لاچار ہو گئے تھے کہ کوئی بھی کام کرنے کو تیار تھے۔

اچانک ان کی قسمت جاگی۔

انہیں دوبئی کے ایک شیخ کا فون آیا۔

"مجھے ایک پہلوان چاہیے، موٹا تازہ، ہٹا کٹا ہو، جیسے ڈبلیو ڈبلیو ای کے پہلوان ہوتے ہیں۔ میں اس کو دوبئی میں ڈبلیو ڈبلیو ای طرز کے مقابلوں میں لڑوانا چاہتا ہوں۔ اگر مجھے میرا من پسند پہلوان مل جائے تو دس لاکھ روپیہ تک دینے کو تیار ہوں۔ مجھے پہلوان چاہیے وہ اپنی مرضی سے دوبئی آئے یا پھر اسے اغوا کر کے یہاں لانا پڑے۔"

یہ سن کر دونوں کی باچھیں کھل گئیں۔

کام مل گیا، کام آسان بھی تھا اور مشکل بھی۔ انہوں نے عرب شیخ سے وعدہ کیا کہ وہ پہلوان تلاش کرتے ہیں اس کے بعد اس سے رابطہ قائم کریں گے اور وہ پہلوان کی

تلاش میں نکل پڑے۔

تین بتی پر آئے تو ان کی نظر جھنگا پہلوان پر پڑی۔ جھنگا پہلوان کو دیکھتے ہی وہ خوشی سے اچھل پڑے۔ انہیں ایسا محسوس ہوا جیسے ان کی تلاش پوری ہو گئی ہو۔ ٹونی نے اپنے موبائل کے کیمرے سے جھنگا پہلوان کی چند تصویریں اور ویڈیو لیئے اور وہ تصویریں اور ویڈیو موبائل سے عرب شیخ کو روانہ کر کے پوچھا کہ "کیا یہ آدمی چلے گا؟"

عرب شیخ نے جھنگا پہلوان کی تصویریں اور ویڈیو فلم دیکھی تو وہ اچھل پڑا۔ "مجھے یہی پہلوان چاہیئے۔ میں اسی طرح کے کسی پہلوان کی تلاش میں تھا۔ کسی بھی طرح دو چار دنوں کے اندر اسے دوبئی بھیج دو چاہے اس کا اغواہی کیوں نہ کرنا پڑے۔ اس کام کے میں تمہیں دس لاکھ روپیہ دوں گا۔"

عرب شیخ نے دونوں سے کہا۔

دونوں بے حد خوش ہوئے۔ انہیں دس لاکھ روپیہ ملنے والے تھے۔ دس لاکھ روپئے کے بارے میں سوچ سوچ کر ہی وہ خوشی سے جھومتے تھے انہیں لگ رہا تھا کہ ان کی تقدیر بدلنے والی ہے۔

بشرطیکہ جھنگا پہلوان دوبئی جانے کے تیار ہو جائیں۔ جھنگا پہلوان کے بارے میں جو معلومات حاصل کیں اس کی بنیاد پر انہیں پتہ چلا وہ دوبئی تو دور کلیان جانے کے لئے بھی مشکل سے راضی ہوں گے۔ یہ سن کر ان کے ارادوں پر اوس پڑ گئی۔

لیکن وہ ہار ماننے والے نہیں تھے۔ دس لاکھ کے لئے وہ کچھ بھی کر سکتے تھے۔ انہوں نے جھنگا پہلوان کا اغوا کر کے اسے دوبئی بھیجنے کا پلان بنایا۔

دونوں جا کر جھنگا پہلوان سے ملے۔

"ہیلو جھنگا پہلوان جی۔ ہم آپ کے بہت بڑے فین ہیں اور ہم ایک دن آپ کے

ساتھ گزارنا چاہتے ہیں۔ آپ کی دعوت کرنا چاہتے ہیں۔"

"میری دعوت!" جھنگا تو حیرت سے انہیں دیکھا، "میری دعوت کر رہے ہو! میرے خوراک کا آپ لوگوں کو علم ہے؟"

"ہاں! آپ جو چاہے وہ آپ کو کھانے کے لئے دیں گے۔ دعوت دلی دربار، شالیمار جس ہوٹل میں چاہے اس ہوٹل میں ہم دینے کو تیار ہیں۔" دونوں بولے۔

دِلّی دربار اور شالیمار کا نام سن کر جھنگا پہلوان کے منہ میں پانی آگیا۔

"مجھے دِلّی دربار کا بکرا مسلم بہت پسند ہے۔"

"اگر آپ ہماری دعوت قبول کریں تو ہم آپ کو دو بکرا مسلم کھلائیں گے۔" ٹونی بولا۔ "ارے قبول نہ کرنے میں کونسا جواز ہے؟ میں آپ لوگوں کی دعوت قبول کرتا ہوں۔" جھنگا پہلوان جھٹ سے بولے۔ "آپ لوگ کب دعوت دے رہے ہیں؟"

'کل'، مونی بولا۔ "کل سویرے ہم اپنی کار لے کر آئیں گے۔ ہمارے ساتھ ممبئ چلئے اور دوپہر دِلّی دربار میں کھانا کھایئے ہم شام تک واپس آجائیں گے۔"

'ٹھیک ہے۔'میں کل نو بجے تیار رہوں گا۔ جھنگا پہلوان نے جواب دیا۔

ٹونی، مونی چلے گئے اور اپنی تیاریوں میں لگ گئے۔

پہلوان کا چمچہ للو دیر سے ان کی باتیں سن رہا تھا۔ وہ بول اٹھا۔

"استاد۔۔۔ اجنبی لوگوں کی دعوت لے رہے ہو! سوچ سمجھ کر کوئی قدم اٹھایئے ایسا نہ ہو کے لالچ میں پڑ کر مصیبت میں پھنس جاؤ۔"

"تو چپ رہے۔" پہلوان نے اسے ٹوکا، "تو تو ہمیشہ الٹا سیدھا سوچتا رہتا ہے۔ انہوں نے تجھے دعوت نہیں دی ہے نا اس لئے تو ایسی الٹی سیدھی باتیں بنا رہا ہے۔"

"نہیں استاد، یہ بات نہیں ہے۔" للو نے استاد کو بہت سمجھایا وہ لالچ میں نہ پڑے

بکرا مسلم کے لالچ میں کسی مصیبت میں پھنس سکتے ہیں لیکن انہوں نے للو کی ایک نہ مانی۔
ان کے سامنے تو دِلّی دربار کا بکرا مسلم ناچ رہا تھا۔
دوسرے دن ۹ بجے سج دھج کر جھنگا پہلوان ٹونی مونی کا انتظار کرنے لگے۔
وقت مقررّہ پر ٹونی مونی ساری تیاریاں کر کے کار لیکر جھنگا پہلوان کو لینے آ گئے۔
وہ کار میں بیٹھے اور ممبئی کی طرف چل دیئے۔ راستے بھر جھنگا پہلوان انہیں اپنی زندگی کے قصے کہانیاں سناتے رہے۔ باتوں باتوں میں انہوں نے پوچھ لیا۔ "استاد اگر آپ کو دوبئی میں ملازمت مل جائے تو کیا آپ دوبئی جائیں گے ؟"
" میں ملازمت کرنے کے لئے کلیان بھی نہیں جاؤں گا۔ مجھے ملازمت نہیں کرنی ہے۔" پہلوان نے صاف جواب دے دیا۔ اور دونوں کے ارادوں پر اوس گر گئی۔ انہوں نے سوچا اگر پہلوان خوشی خوشی دوبئی جانے کے لئے تیار ہو جائیں تو پھر اغوا کرنے کی ضرورت ہی نہیں۔ لیکن ایسا نہیں ہوا تھا۔ انہیں پہلوان کا اغوا کرنا ہی پڑے گا۔
ممبئی پہنچ کر وہ سیدھے دِلّی دربار ہوٹل میں گئے اور جھنگا پہلوان کی خواہش کے مطابق انہیں نے ان کے لئے بکرا مسلم کا آرڈر دیا۔ اور اپنے لئے الگ الگ چیزوں کا آرڈر۔

اسی درمیان ٹونی جاکر بکرا مسلم بنانے والے خانساماں سے مل آیا۔ اسے بکرے میں بے ہوشی کی دوا ملانے کے لئے کہا اور اس کام کی قیمت بھی دے دی۔ پہلوان نے بکرا مسلم کے لالچ میں سویرے سے کچھ نہیں کھایا تھا۔ اس لئے پیٹ میں چوہے کود رہے تھے۔
بکرا مسلم کی خوشبو سے ان پر ہیجانی کیفیت طاری ہو رہی تھی۔
خدا خدا کر کے جھنگا استاد کا مینو ٹیبل پر آیا اور پہلوان اس پر ٹوٹ پڑے۔ ٹونی اور

مونی اطمینان سے اپنا کھانا کھانے لگے۔

دیکھتے ہی دیکھتے بھوکے جھنگا پہلوان نے پورا بکرا صاف کر دیا۔

بکرے کے پیٹ میں جاتے ہی بے ہوشی کی دوا نے بھی اثر نا شروع کیا۔

"اب مجھے نیند سی آ رہی ہے۔"

"فکر مت کیجئے استاد"، ٹونی بولا: "گاڑی میں بیٹھ کر ایک آدھ گھنٹہ سو لیجئے، نیند سے جاگنے کے بعد پھر ممبئی کی سیر کریں گے۔ اور اگر آپ کے دل میں آیا تو رات میں پھر آپ کو بکرا مسلم کھلائیں گے۔"

اور وہ پہلوان کو سہارا دیکر گاڑی کی طرف لے گیا۔

مونی ہوٹل کا بل ادا کرنے لگا۔

ٹونی نے کار کا پچھلا دروازہ کھولا۔ جھنگا پہلوان اس میں داخل ہو گئے۔ اور سیٹ پر گرتے ہی بے ہوش ہو گئے یا سو گئے۔

دونوں نے خوشی سے ایک دوسرے سے ہاتھ ملائے۔

اور اب دوسرے کام میں لگ گئے۔ انہوں نے جھنگا پہلوان کا اغوا تو کر لیا تھا اب اسے دوبئی پہونچانا تھا اس کے لئے انہیں ۱۰ لاکھ روپیہ ملنے والے تھے۔

وہ ہوائی جہاز سے جھنگا کو دوبئی تو نہیں لے جاسکتے تھے۔ ہوائی جہاز میں بیٹھتے ہی پہلوان کو ہوش آ گیا تو ہنگامہ کھڑا کر دیگا۔

عرب شیخ نے جھنگا پہلوان کو پانی کے جہاز کے ذریعے دوبئی لانے کے انتظامات کئے تھے۔

ممبئی سے دور سمندر میں ۱۰۰ کلو میٹر کی دوری پر عرب کا ایک جہاز لنگر انداز تھا۔ اس نے ٹونی مونی سے کہا تھا کہ پہلوان کو کسی طرح اس جہاز تک پہنچا دیں۔

اس کے بعد پہلوان کو دوبئی لے جانے کا کام اس کا۔ اس جہاز پر پہلوان کو پہونچانے کے بعد انہیں ان کی قیمت دس لاکھ روپیہ بھی مل جائے گی۔

سمندر میں کھڑے اس جہاز تک پہونچنے کے لئے ٹونی مونی نے ایک خاص چھوٹا سا اسٹیمر کرائے پر لیا تھا۔

بے ہوش جھنگا پہلوان کو وہ سب کے سامنے اس بوٹ میں نہیں بٹھا سکتے تھے۔ کسی کو شک ہو گیا تو سارے کئے کرائے پر پانی پھر جائے گا۔ اس لیے انہوں نے اس اسٹیمر میں پہلوان کو سوار کرنے کے لئے ورسوا کا ایک سنسان علاقہ چنا تھا۔

وہاں اسٹیمر والا ان کا انتظار کر رہا تھا۔

بے ہوش جھنگا کو لیکر وہ ورسوا کی طرف چل دیئے۔

بے ہوشی کی دوا کے اثر سے جھنگا پہلوان چار پانچ گھنٹہ بے ہوش رہیں گے۔

تب تک وہ انہیں جہاز پر پہنچا کر اپنا پیسہ لیکر واپس آجائیں گے۔

انہیں پتہ تھا ہوش میں آنے کے بعد جھنگا پہلوان سخت آفت مچائیں گے۔ لیکن اس وقت تو وہ جہاز میں ہوں گے۔ جہاز والے جھنگا پہلوان سے نپٹیں گے۔

ٹریفک بھری سڑکوں سے گزر ایک ڈیڑھ گھنٹے کا سفر کرتے ان کی کار ورسوا کے اسی سنسان علاقے میں پہونچی جہاں پر اسٹیمر والا ان کے لئے اسٹیمر لیے تیار کھڑا تھا۔ انہوں نے وہاں کار کھڑی کی اور کار سے بے ہوش جھنگا پہلوان کو اتارنے لگے۔ بھاری بھر کم جھنگا پہلوان کو گاڑی سے اتار کر اسٹیمر میں سوار کرنے میں ان کی چولیں ڈھیلے ہو گئیں۔

کسی طرح انہوں نے جھنگا پہلوان کو اسٹیمر میں ڈالا اور اسٹیمر والے سے چلنے کو کہا۔

اسٹیمر والے نے اسٹیمر اسٹارٹ کر دیا۔

"جہاز تک پہونچنے میں کتنا وقت لگے گا۔" انہوں نے اسٹیمر والے سے پوچھا۔

" دو سے ڈھائی گھنٹے لگیں گے۔ " اس نے جواب دیا۔ انہیں ڈر تھا کہ اگر جہاز پر پہنچنے سے پہلے جھنگا پہلوان ہوش میں آ گئے تو آفت آ جائے گی۔

ہوش میں آنے کے بعد وہ کسی بھی صورت میں انہیں جہاز تک نہیں پہنچا پائیں گے۔ ایسا جھنگا پہلوان کے بے ہوش رہنے پر ہی ممکن ہے۔

ڈاکٹر نے کہا تھا اس دوا کو کھانے کے بعد ایک آدمی تین چار گھنٹے آرام سے بے ہوش رہ سکتا ہے۔

انہوں نے اندازہ لگایا تھا کہ اس عرصے میں وہ آسانی سے اپنا کام کر سکتے ہیں۔

اسٹیمر منزل کی طرف بڑھا جا رہا تھا۔ وقت تیزی سے گزر رہا تھا۔ ان کے سفر کو شاید ایک گھنٹہ ہو گیا تھا۔ ایک گھنٹہ باقی تھی۔

اس درمیان جھنگا پہلوان بے ہوش رہے، ان کے جسم میں کوئی لغزش نہیں ہوئی۔ لیکن اچانک تینوں کے دلوں کی دھڑکنیں تیز ہو گئیں۔ انہوں نے دیکھا کہ جھنگا پہلوان کے جسم میں حرکت ہوئی اور منہ سے طرح طرح کی آوازیں نکلنے لگیں۔

" جھنگا پہلوان تو ہوش میں آ رہا ہے "، انہوں نے اندازہ لگایا اور ان کے ذہن میں خطرے کی گھنٹی بج اٹھی۔

اگر پہلوان کو ہوش آ گیا تو آفت آ جائے گی، وہ من ہی من میں خدا سے دعا کرنے لگے کہ وہ جھنگا پہلوان کو اور دو چار گھنٹے بے ہوش رکھے تا کہ وہ آسانی سے اپنا کام کر جاتے۔

لیکن ڈاکٹر نے جو دوا دی تھی وہ ایک عام آدمی کے لئے دی تھی، اس دوا کو لینے کے بعد ایک عام آدمی تین سے چار گھنٹے بے ہوش رہ سکتا تھا، لیکن جھنگا پہلوان جیسا مضبوط آدمی نہیں۔

نتیجہ یہ نکلا کہ دوڈھائی گھنٹہ میں ہی جھنگا پہلوان ہوش میں آ گئے۔

"مجھے کیا ہوا تھا یہ تم لوگ مجھے کہاں لے جا رہے ہو؟" ہوش میں آتے ہی انہوں نے پوچھا، اور اپنے چاروں طرف سمندر دیکھا تو ان کے ذہن میں خطرے کی گھنٹیاں بجنے لگی۔

"استاد ہم آپ کو دوبئی لے جارہے ہیں"، بے خیالی میں مونی کے منہ سے نکل گیا۔

"میں دوبئی جانا نہیں چاہتا،" جھنگا پہلوان دہاڑے۔

"استاد وہاں آپ کو بہت پیسے ملیں گے"، مونی نے لالچ دیا۔

"مجھے پیسے نہیں چاہیئے، مجھے واپس لے چلو، اگر مجھے واپس گھر نہیں لے جایا گیا تو ایک ایک کو دیکھ لوں گا۔" پہلوان دہاڑے۔

"اب کوئی فائدہ نہیں استاد، اب تم گھر واپس نہیں جاسکتے۔" مونی پہلوان کو ڈرانے کے لئے بولا "تمہارا سوداطے ہو گیا ہے۔ ہم تمہیں دوبئی کے ایک شیخ کے پاس بھیج رہے ہیں شیخ ہمیں اس کام کے دس لاکھ روپیہ دے گا۔ سمندر میں ایک جہاز کھڑا ہے ہمارا کام تمہیں اس جہاز پر پہونچا دینا ہے وہ تمہیں دوبئی لیکر چلا جائے گا۔ اور ہم اس وقت تمہیں اس جہاز کی طرف لے جارہے ہیں۔ گڑبڑ کرنے سے کوئی فائدہ نہیں یہاں تمہاری مدد کو کوئی نہیں آنے والا۔ چپ چپ دوبئی چلے جاؤ، شاید تمہاری زندگی سدھر جائے۔"

ٹونی اور مونی نے بدمعاشوں کے انداز میں پہلوان کو دھمکی دی۔

کون مجھے دوبئی لے جاتا ہے اور بھیجتا ہے میں بھی دیکھتا ہوں، کہنے پر پہلوان کو تاؤ آگیا اور اس نے مونی کا گلا پکڑا پھر اسے ہاتھوں پر اٹھا کر سمندر میں پھینک دیا۔

اسٹیمر رفتار سے آگے بڑھ گیا مونی پتہ نہیں کہاں رہ گیا۔ یہ دیکھ کر اسٹیمر والا اور ٹونی ڈر گئے۔

"تم مجھے دوبئی پہنچانا چاہتے ہو نا ٹھہرو میں تمہیں جہنم پہونچاتا ہوں"، کہہ کر پہلوان ٹونی کی طرف بڑھے اور اسے بھی اٹھا کر سمندر میں پھینک دیا۔ اس کے بعد اسٹیمر والے سے یہ کہنے کے لئے اس طرف بڑھے۔

"تم مجھے واپس لے چلو ورنہ میں تمہیں بھی سمندر میں پھینک دوں گا۔"

لیکن ٹونی اور مونی کے سمندر میں پھینکے جانے سے اسٹیمر چلانے والا اتنا گھبرا گیا تھا کہ خود کو مار سے بچانے کے لئے اس نے خود ہی سمندر میں چھلانگ لگادی۔

"ارے، ارے"، جھنگا پہلوان اسے آواز دیتے رہ گئے، لیکن وہ پیچھے رہ گیا۔ اسٹیمر پوری رفتار سے آگے بڑھ گیا۔

اب جھنگا پہلوان پر جو مصیبت آئی اس کا سوچ کر انھوں نے اپنا سر پکڑ لیا۔ اور انہیں محسوس ہوا انہوں نے ٹونی اور مونی کو سمندر میں پھینک کر بہت بڑی غلطی کی۔ ان کا انجام تو کچھ بھی ہو لیکن اب ان کی جان کے لالے پڑ جائیں گے۔ اسٹیمر چلانے والا کوئی نہیں تھا۔ اسٹیمر سمندر میں انجان منزل کی طرف بڑھتا جارہا تھا۔

نہ تو وہ اسٹیمر چلانا جانتے تھے اور نہ اسے روکنا۔

اسٹیمر ناک کی سیدھ میں پتہ نہیں کہاں جارہا تھا۔

سمندر خاموش تھا۔ اس وقت اس کی لہروں میں کوئی تلاطم نہیں تھا۔ جھنگا پہلوان کو تو سوچ سوچ کر رونا آنے لگا کہ وہ کس مصیبت میں پھنس گئے ہیں اس مصیبت سے نکل پائیں گے یا نہیں۔۔۔؟

یہ اسٹیمر کہیں رکے گا یا نہیں۔۔۔۔؟

انہیں کس جگہ لے جا کر چھوڑے گا۔۔۔۔؟

اس سمندر میں کوئی ان کی مدد کو آئے گا بھی یا نہیں۔۔۔؟

یا وہ زندگی بھر سمندر کی لہروں میں بھٹکتے ہوئے سمندری جانوروں کا خوراک بن جائیں گے۔

یہ سوچ کر وہ دہاڑیں مار مار کر رونے لگے۔

لیکن وہاں تو نہ ان کا کوئی آنسو پونچھنے والا تھا اور نہ سمجھانے والا۔ سورج دھیرے دھیرے افق کی طرف بڑھ رہا تھا۔ تھوڑی دیر میں رات ہو جائے گی۔ رات ہونے کے بعد۔۔۔؟

اس تصور سے ہی وہ کانپ اٹھے۔

اسٹیمر کا سفر جاری تھا۔ اسے روکنے کی کوئی تدبیر ان کی سمجھ میں نہیں آرہی تھی۔ اور روک کر کوئی فائدہ بھی نہیں تھا۔ اس جگہ کوئی ان کی مدد کو آنے سے تو رہا۔ اس لئے انہوں نے خود کو اسٹیمر کے حوالے کر دیا تھا۔ وہ انہیں جہاں لے جائے۔

اچانک انہیں دور سے ایک جہاز آتا ہوا دکھائی دیا۔ اسے دیکھ کر ان کی ہمت بندھی۔ اس جہاز سے کوئی مدد مل سکتی ہے۔ وہ تیار ہو گئے۔

جہاز لمحہ لمحہ قریب آرہا تھا۔ اور اسٹیمر لمحہ لمحہ اس کے قریب جا رہا تھا۔ دھیرے دھیرے جہاز کے عرشے پر لوگ دکھائی دینے لگے۔

پہلوان نے انہیں اپنی طرف متوجہ کرنے کے لئے زور زور سے ہاتھ ہلانے لگے اور چیخنے لگے۔

"بچاؤ۔۔۔۔بچاؤ۔۔۔۔"

وہ شاید غیر ملکی تھے، بچاؤ کا مطلب نہیں سمجھے۔

وہ بچاؤ کو 'ہائے' سمجھے، وہ بھی ہاتھ ہلا ہلا کر جھنگا پہلوان کو ہائے کہنے لگے۔

اور ان کی ایک امید وہ جہاز بھی ان سے دور چلا گیا۔ اب پھر ان کا سفر جاری تھا۔

طرح طرح کے خیالات ان کے ذہن میں آرہے تھے۔ کہیں یہ اسٹیمر انہیں کسی غیر آباد جزیرے پر لے جا کر تو نہ چھوڑ دے جہاں انہیں رابنسن کروسو کی سی زندگی گزارنی پڑے۔

اچانک پتہ نہیں کیا کرشمہ ہوا۔

اسٹیمر رک گیا۔ پٹرول ڈیزل ختم ہو گیا یا کوئی خرابی پیدا ہو گئی، لیکن ان کے لئے اور بڑی مصیبت تھی۔

اب ان کا اسٹیمر لہروں کے حوالے تھا۔ لہریں آتیں اور جہاں چاہے اسے لے جاتی۔ اگر کسی بڑی لہر نے اسٹیمر پلٹ دیا تو وہ بھی سمندر میں ہوں گے۔ وہ تیرنا جانتے تھے لیکن کب تک تیر پائیں گے، آخر تیرتے تیرتے تھک جائیں گے اور سمندری جانوروں، مچھلیوں کی غذا بن جائیں گے۔

رات ہو گئی اور چاروں طرف اندھیر پھیل گیا۔

کچھ بھی دکھائی نہیں دینے لگا۔ صرف لہروں کا ہلکا ہلکا شور سنائی دیتا، وہ بوٹ میں لئے آسمان میں جگمگاتے ستاروں کو تاک رہے تھے۔ ان کا کیا ہو گا۔۔؟ سوچ سوچ کر کلیجہ منہ کو آرہا تھا۔ اس وقت انہیں للو کی بات یاد آئی۔ للو سچ کہہ رہا تھا۔ اگر وہ لالچ میں نہ پڑتے اور اجنبیوں کے ساتھ یہاں نہیں آتے تو اس مصیبت میں نہیں پڑتے۔

رات سوتے جاگتے میں گزر گئی۔

سویرا ہوا تھا امید کی ایک کرن بھی دکھائی دی۔

ایک جہاز اس طرف آرہا تھا۔

جیسے جیسے جہاز ان کے قریب آنے لگا ان کا دل دھڑکنے لگا اور وہ دل ہی دل میں خدا سے دعا مانگنے لگے کہ اس جہاز میں ان کے لئے کوئی مدد بھیج دے۔ جہاز جیسے ہی قریب آیا

وہ زور زور سے چلانے لگے۔

"بچاؤ۔۔۔بچاؤ۔۔۔۔بچاؤ۔۔۔۔"

وہ کوئی ہندوستانی جہاز تھا۔ ان کا مطلب سمجھ گیا۔ جہاز کے کپتان نے جہاز روکا اور ایک رسی پھینکی تب ان کا اسٹیمر جہاز کے قریب جالگا۔ وہ رسی پکڑ کر جہاز میں چڑھے۔

اور جہاز کے عملے کو اپنی ساری رام کہانی سنائی۔

جہاز نے انہیں ممبئ چھوڑا اور وہاں سے وہ خیر سے بدھو گھر کو آئے کی طرف واپس گھر آئے۔

---*---*---*---

جھنگا پہلوان نے کرکٹ کھیلا

اس دن جھنگا پہلوان اپنے چمچہ نما چیلے للو کے ساتھ تین بتی پر اپنے مخصوص اڈے پر بیٹھے تھے۔ سامنے کی دوکان میں زبردست بھیڑ تھی۔ اس دوکان پر ٹی وی تھا اور ٹی وی پر کرکٹ میچ چل رہا تھا۔ کرکٹ میچ شاید دلچسپ مرحلے میں داخل ہو گیا تھا۔ اس لئے لوگ اپنی اپنی دوکانیں، دھندہ چھوڑ کر کرکٹ میچ دیکھنے میں مصروف تھے، کہاں تو پہلے یہ صورت حال تھی کہ دوکاندار گاہک کی راہ دیکھتے تھے اب یہ صورت تھی کہ گاہک دوکانوں پر کھڑے دوکان دار کا انتظار کر رہے تھے۔

دوکان پر کھڑے گاہکوں کو دیکھ کر دوکاندار اشارہ کر رہے تھے۔

"ایک منٹ انتظار کرو، یہ اوور ختم ہو جائے تو آتا ہوں۔۔۔۔"

جھنگا بہت دیر سے یہ تماشہ دیکھ رہے تھے، آخر اپنے چیلے سے پوچھ بیٹھے۔

"للو! وہ سامنے والی دوکان پر اتنی بھیڑ کیوں ہے؟"

"استاد کرکٹ میچ دکھایا جارہا ہے۔"

"سالا اس کرکٹ کا نام سن سن کر دماغ کا دہی ہو گئی ہے۔ پتہ نہیں کیسا کھیل ہے، ہو کوئی اس کا دیوانہ ہے۔"

"یہ تو کھیلنے والا ہی جانے استاد"

"کبھی کھیل کر دیکھنا چاہیئے کہ کرکٹ کھیل کیا ہے۔"

"بالکل استاد، میں سمجھتا ہوں آپ سے اچھا کرکٹ تو کوئی کھیل ہی نہیں سکتا۔" للو

نے چمچا گری کی تو پہلوان کا دماغ روشن ہو گیا۔

اب اگر للو کہتا ہے کہ میں کرکٹ کھیل سکتا ہوں، تو مجھے کرکٹ کھیل کر دیکھنا چاہیئے۔

"اچھا یہ بتا"، وہ للو کی طرف مڑے، "یہ کرکٹ کہاں کھیلا جاتا ہے۔"

"ارے استاد، پیلی اسکول کے گراؤنڈ میں شام میں سینکڑوں بچے کرکٹ کھیلتے ہیں۔ آپ وہاں کرکٹ کھیل سکتے ہیں۔"

"ٹھیک ہے"، پہلوان بولے، "آج ہم کرکٹ کھیلیں گے۔"

"استاد آج آپ کرکٹ کھیلیں گے؟" یہ سن کر للو کی باچھیں کھل گئی۔ اس نے زور زور سے چیخنا شروع کر دیا۔

"ارے سنیئے، سنیئے۔۔۔ آج شام کو استا جھنگا، پیلی اسکول کے گراؤنڈ میں کرکٹ کھیلیں گے۔"

للو کی آواز سن کر آتے جاتے لوگ رک گئے اور للو سے اس بارے میں دریافت کرنے لگے جو لوگ استاد جھنگا کے شناسا تھے، وہ سیدھا ان کے پاس آئے۔

"استاد سنا ہے آج سے آپ کرکٹ کھیلنا شروع کرنے والے ہیں؟"

"مبارک استاد۔ پہلوان کے اکھاڑے کے استاد تو بن گئے۔ ایک دن کرکٹ کے بھی چمپئن بن جائیں گے۔"

استاد آپ کرکٹ کہاں؟ کس کی ٹیم کی طرف سے کھیلیں گے؟

"ابھی ٹیم وغیرہ طے نہیں کی ہے۔۔۔" استاد نے جواب دیا۔ "کسی بھی ٹیم کے ساتھ کھیل لیں گے۔"

تھوڑی دیر میں یہ خبر جنگل کی آگ کی طرح سارے شہر میں پھیل گئی کہ جھنگا

پہلوان کرکٹ کھیلنے والے ہیں۔

شام کو پیلی اسکول کے گراؤنڈ میں کرکٹ کھیلنے والوں کی تو بھیڑ تھی۔ نظام پورہ، اسلام پورہ، کوٹر کیٹ تین بتی جیسے آس پاس کے محلوں کے سینکڑوں لوگ جھنگا پہلوان کو کرکٹ کھیلتے دیکھنے کے لئے جمع تھے۔ استاد نے انزل کی ٹیم کو کرکٹ کھیلنے کے لئے پسند کیا۔

"ارے لڑکے۔۔۔"۔ للو نے انزل سے کہا، "یہ جھنگا پہلوان ہیں۔ پہلوانی کے بہت بڑے استاد ہیں۔ یہ آج تمہارے ساتھ تمہاری ٹیم میں کرکٹ کھیلنا چاہتے ہیں۔"

انزل نے نیچے سے اوپر تک استاد کو دیکھا۔ پھر بولا۔

"یہ صورت و شکل سے جھنگا تو دکھائی نہیں دیتے، ہاتھی دکھائی دیتے ہیں۔۔۔ اگر یہ جھنگے کی طرح دبلے پتلے ہوتے تو میں انہیں اپنی ٹیم میں کرکٹ ضرور کھلاتا لیکن یہ ہاتھی کی طرح موٹے تازے ہیں۔ اس لئے میرا مشورہ ہے کہ یہ کرکٹ کھیلنے کا ارادہ ترک کر دیں اور پہلوانی میں دھیان لگائیں۔"

"کیا کہا"، للو کو غصّہ آگیا، "استاد کو کرکٹ نہیں کھلائے گا۔"

"میں یہ نہیں کہتا ہوں"، انزل جلدی سے بولا۔ "دراصل ان کے ڈیل ڈول کی وجہ سے کہہ رہا ہوں کرکٹ کھیلنا ان کے بس کی بات نہیں ہے۔"

"اے لڑکے کیا مجھے نہیں جانتا؟" استاد جھنگا کو بھی غصہ آگیا۔۔۔ "شہر کا مانا ہوا پہلوان ہوں۔ لوگ مجھے استاد جھنگا کے نام سے جانتے ہیں۔ کلیان کے روکڑے پہلوان کو دو منٹ میں چت کر دیا تھا۔ وزن اٹھانے کے مقابلے میں اوّل آچکا ہوں۔ تو کیا میں کرکٹ نہیں کھیل سکتا۔۔۔؟"

"آج سینکڑوں لوگ مجھے کرکٹ کھیلتا دیکھنے کے لئے آئے ہیں اور میں آج کرکٹ

نہ کھیل کر اپنی بے عزتی کروں؟"

"استاد، اب یہ آپ کے ہاتھ میں ہے، اپنی عزت بڑھائیں یا بے عزتی کریں۔"

انزل بولا، "مشورہ دینا میرا کام تھا، عمل کرنا آپ کا چلیئے، آیئے ہمارے ساتھ کرکٹ کھیلئے۔"

استاد کرکٹ کھیلنے والوں میں شامل ہو گئے۔ استاد جب میدان میں اترے تو چاروں طرف سے تالیاں بجنے لگیں۔ جس سے استاد کا سینہ فخر سے اور دو چار انچ بڑھ گیا۔ انزل نے پھر انہیں ٹوکا۔

"استاد آپ لنگی میں کرکٹ کھیلیں گے؟ اچھا ہوتا آپ پتلون پہن کر آتے۔"

"استادوں کی نشانی لنگی ہے۔ ہم لنگی میں ہی کرکٹ کھیلیں گے۔ ہم پتلون نہیں پہن سکتے، کہو تو لنگوٹ پہن لیں۔"

لنگوٹ کا نام سن کر انزل کو دن میں تارے دکھائی دینے لگے۔

"نہیں استاد آپ لنگی پر ہی کرکٹ کھیلیں۔"

استاد کو باؤنڈری لائن کے پاس فیلڈنگ کرنے کی ذمہ داری دی گئی۔ کھیل شروع ہوا۔ تیز گیند باز حنین نے گیند کی۔ بلے بازی کرنے والے اسامہ نے اسے کٹ کیا۔

گیند گولی کی رفتار سے جہاں استاد جھنگا فیلڈنگ کر رہے تھے اس طرف بڑھی۔

"استاد بال پکڑیئے، بال پکڑیئے"، ایک شور اٹھا۔

استاد گھبرا گئے، سمجھ میں نہیں آیا، شور پر توجہ دیں یا بال پر۔

جب تک شور سے توجہ ہٹتی بال ان کے پیروں کے پاس سے گولی کی رفتار سے گزر کر باؤنڈری لائن پار کر گئی تھی۔

"کیا استاد، فور دے دیا۔ آپ اس بال کو پکڑ سکتے تھے"، کسی نے کہا تو بازو میں بیٹھے

للو نے اس کا منہ دابا۔

"چپ رہو، دیکھو اس بار استاد گیند کو کس طرح پکڑتے ہیں۔"

دوسری بار بھی استاد کی طرف گیند آئی، اس بار رفتار کچھ دھیمی تھی، استاد گیند پکڑنے کے لئے دوڑے۔

دوڑتے ہوئے پیر لنگی میں اٹکا، تو گیند باؤنڈری لائن پار کر گئی، استاد دھڑام سے منہ کے بل گر گئے۔

سارے میدان میں قہقہے گونجنے لگے۔

استاد بدن سے مٹی جھاڑتے اٹھے اور اپنے مقام پر واپس آئے، اسامہ کو ایک بکرا فیلڈر مل گیا تھا، اسے پتہ تھا اس کی طرف گیند ماری جائے تو وہ روک نہیں پائے گا، اس لئے وہ اسی کو نشانہ بنانے لگا۔

اس بار اسامہ نے استاد کی طرف گیند ماری تو استاد پہلے سے تیار تھے۔ وہ گیند پکڑنے کے لئے گیند کی طرف دوڑے۔

"استاد دوڑیے، گیند جانے نہ پائے"، میدان کے تماشائی ان کا حوصلہ بڑھانے لگے، ابھی وہ گیند کے قریب پہونچ کر اسے پکڑ بھی نہیں پائے تھے کہ ان کی لنگی کھل گئی اور میدان قہقہوں سے بھر گیا۔ گیند جھنگا کے پاس سے گزر گئی تھی۔ وہ لنگی پکڑے گیند کے پیچھے دوڑے۔ دوڑتے ہوئے انہیں محسوس ہوا کہ لنگی پکڑ کر گیند پکڑنے کے لیے وہ تیز نہیں دوڑ پائیں گے، اس لیے انہوں نے لنگی چھوڑ دی اور پوری طاقت لگا کر گیند پکڑنے کے لئے دوڑے۔

استاد جھنگا کے لنگی کا اتر جانا اور تماشائیوں کے لئے سب سے زیادہ دلچسپی کا باعث تھا، وہ اپنی ہنسی روک نہیں پا رہے تھے۔ پیٹ پکڑ پکڑ کر ہنس رہے تھے۔

استاد صرف لنگوٹ میں گیند کے پیچھے کچھ اس طرح دوڑ رہے تھے جس طرح اکھاڑے میں مد مقابل کے ساتھ داؤ پیچ کر رہے ہوں۔

وہ گیند تو پکڑ نہیں سکے ایک بار پھر گیند باؤنڈری لائن کراس کر گئی۔ واپس آکر استاد نے اپنی لنگی پہنی اور پھر اپنے فرض میں لگ گئے۔ اگلی بار باؤنڈری لائن کی طرف جاتی گیند پکڑنے کے لئے انہیں نے جو دوڑ لگائی تو ان کی سانسیں پھول گئیں اور سارا جسم پسینے میں نہا گیا۔ دو تین بار انہوں نے ایسا کیا تو انہیں محسوس ہوا جیسے ان کی سانس حلق میں اٹک گئی ہے۔

پہلوانی کرتے ہوئے پسینہ بھی آتا تھا اور سانس بھی پھولتی تھی۔ لیکن جو تکلیف گیند کو پکڑنے کے لئے دوڑنے میں ہو رہی تھی وہ تکلیف نہیں ہوتی تھی۔

انہیں محسوس ہوا کہ وہ مرحوم گاما پہلوان کے ساتھ ایک گھنٹہ کشتی لڑ سکتے ہیں۔ لیکن گیند پکڑنے کے لئے دس منٹ اس کے پیچھے دوڑ نہیں سکتے۔

بھلے وہ مشہور و معروف جھنگا پہلوان ہوں، وہ پہلوانی کر سکتے ہیں لیکن فیلڈنگ نہیں۔

انہوں نے اعلان کر دیا وہ فیلڈنگ نہیں کریں گے۔

انہوں نے انزل سے کہہ دیا "ہم فیلڈنگ نہیں کر سکتے، ہم بیٹنگ کرنا چاہتے ہیں، ہمیں بیٹنگ کرنے دو۔"

اب انزل کے لئے یہ بڑا مسئلہ تھا۔

اصول یہ تھا کہ جو کھلاڑی کھیل رہا ہو اس کے آؤٹ ہونے کے بعد دوسرا کھلاڑی کھیلے گا۔ اس وقت اسامہ کھیل رہا تھا۔ ۸ کھلاڑی کھیلنے باقی تھی اس کے بعد جھنگا پہلوان کا نمبر آنے والا تھا۔ اسامہ آؤٹ ہو جاتا تو کوئی بات نہیں تھی اس کے بعد جس کھلاڑی کا نمبر

تھا اسے سمجھا بجھا کر اس کی جگہ جھنگا استاد کو کھیلنے کا موقع دیا جا سکتا تھا۔ لیکن نہ تو اسامہ کو آوٹ کرنا آسان تھا نہ اسے اپنی جگہ استاد کو کھلانے کے لئے مجبور کرنا۔

اس کی اس مشکل کو جھنگا استاد کے چیلے للو نے آسان کر دی۔

اس نے بھیڑ کے سامنے تقریر کرنی شروع کر دی۔

"ارے استاد اتنے اچھے بلے باز ہیں کہ ان کی بلے بازی کا تو سچن تندولکر نے بھی لوہا مانا ہے۔ دادر کے شیوا جی پارک میدان میں دونوں ساتھ ساتھ کھیلے ہیں چوکے چھکے تو یوں مارتے ہیں جیسے ایک دو رن لے رہے ہوں۔"

"کیا سچ مچ جھنگا استاد اتنے اچھے بلے باز ہیں؟" لوگوں نے حیرت سے پوچھا۔

"استاد جب بلے بازی کرنا شروع کریں گے تب دیکھنا۔" للو بولا۔

اتنا سننا تھا کہ لوگوں میں جھنگا پہلوان کو بلے بازی کرتے دیکھنے کا شوق جاگا۔

انہوں نے نعرے لگانا شروع کر دیئے۔

"وی وانٹ جھنگا۔"

"وی وانٹ جھنگا۔"

اس شور نے انزل کی مشکل آسان کر دی۔ اس نے اسامہ سے کہا کہ وہ جھنگا استاد کو بلے بازی کرنے دے۔ لوگوں کی یہی فرمائش ہے۔

لوگوں کی مانگ اور فرمائش کا احترام کرتے ہوئے اسامہ نے بلہ جھنگا استاد کے ہاتھ میں تھما دیا۔

میدان تالیوں کی گڑگڑاہٹ سے گونج اٹھا۔

"استاد چوکا۔"

"استاد چھکا"

" استاد ایک اوور میں تین چھکے "، چاروں طرف سے آوازیں ابھرنے لگیں۔ جھنگا پہلوان کرکٹ کھیل رہے ہیں۔ اس خبر کو سن کر اس علاقے کے کونسلر شرفو بھائی، سلیم بھائی اور امتیاز بھائی بھی میدان میں پہونچ گئے۔

شرفو بھائی نے اعلان کیا۔

" اگر استاد پہلے اوور میں چھکا لگاتے ہیں تو میں انہیں سو روپیہ انعام دوں گا۔ "

" اگر استاد آج تین چھکے لگاتے ہیں تو میں انہیں آدھا بکرا انعام میں دوں گا۔ " سلیم بھائی کارپوریٹر نے بھی اعلان کر دیا۔

" اگر استاد پانچ چھکے لگاتے ہیں تو میں انہیں پاؤ کلو بادام انعام میں دوں گا۔ "

پورا میدان ان اعلانات کے ساتھ تالیوں سے گونج رہا تھا اور استاد کا سینہ فخر سے پھولا جا رہا تھا۔

بالنگ کرنے والے حنین کو اپنی عزت کا معاملہ محسوس ہوا۔ اس نے سوچا اگر استاد نے ان کی بالنگ پر چھکے لگا دیئے تو استاد کو تو انعامات مل جائیں گے، وہ کہیں کا نہیں رہے گا۔ اس لیے اس نے دل ہی دل میں سوچا اس کی گیند پر چھکا تو لگنا نہیں چاہیئے۔

تالیوں کی گونج میں وہ رن وے پر پہونچا اور اس نے دوڑنا شروع کیا۔

" استاد چوکا، استاد چھکا "، کے شور سے میدان گونج رہا تھا۔

حنین نے پہلی گیند کی۔ استاد نے پوری قوت سے بلا گھمایا، لیکن گیند کہاں گئی کسی کو پتہ نہیں چل سکا۔

وکٹ کیپر اور تمام فیلڈر حیران۔۔؟ خود استاد بھی حیران انہوں نے گیند کو پچ سے ٹکراتے دیکھا تھا اس کے بعد کہاں گئی پتہ نہیں چل سکا۔ سارا میدان سناٹے میں آ گیا۔

تھوڑی دیر تک یہی عالم رہا۔ تھوڑی دیر بعد پہلوان تھوڑا سا ہلے تو گیند ٹپ سے

زمین پر گری اور سارا میدان ہنس ہنس کر لوٹ پوٹ ہو گیا۔

گیند نہ تو بلے سے ٹکرائی تھی نہ باؤنڈری لائن کے باہر گئی تھی۔

پہلوان کی لنگی میں پھنس گئی تھی۔

انزل نے اپنا سکر پکڑ کر گیند اٹھا کر حنین کو دی۔

حنین نے دوسری گیند کی اور، 'آؤٹ' کے شور سے سارا میدان گونج اٹھا۔

پہلوان کی ساری وکٹیں بکھری ہوئی تھیں۔

اس طرح دوسری گیند پر آؤٹ ہو جانا پہلوان کو اپنی توہین محسوس ہوا۔ شور اٹھا۔

" پہلوان کو ایک موقع اور دیا جائے۔ ایک موقع اور دیا جائے۔ " اپنے ساتھیوں سے مشورہ کر کے انزل نے پہلوان کو ایک اور موقع دینے کا طے کر لیا۔

غصے سے بھرے حنین نے پھر گیند ڈالی۔

اس بار گیند پھر لنگی میں الجھی، مگر الجھ کر کچھ اس تیزی سے پہلوان کی پنڈلی سے ٹکرائی کہ ان کے ہاتھ سے بلا گر گیا اور وہ ایک ٹانگ پر کھڑے ہو کر کتھا کلی کرنے لگے۔

" ارے میں مرا۔۔۔۔ اف ظالم کس زور سے گیند ماری ہے۔ "

" ایل بی ڈبلیو۔ آؤٹ ہے۔ " جب کھلاڑیوں کی طرف سے اپیل ہونے لگی تو استاد کو ہوش آیا۔ اس طرح اگر آؤٹ قرار دیئے گئے تو دو گیندوں میں مسلسل آؤٹ ہونے کا بے عزتی کا ریکارڈ ان کے نام بن سکتے ہیں۔

وہ ٹھیک ہو گئے حنین واپس اپنے بولنگ مارک پر گیا۔ اس کے بعد جو گیندیں آ رہی تھی۔

پہلوان ہوا میں بلا چلا رہے تھے۔ گیند بلے کے آس پاس سے گزر کر وکٹ کیپر کے ہاتھوں میں جا رہی تھی۔

میدان سے، "اوپ، اوپ"، کی آوازیں اٹھ رہی تھیں۔

"استاد چوکا۔۔"

"استاد چھکا"

"استاد سو روپیہ انعام ہے۔۔۔"

"استاد آدھا بکرا انعام ہے۔"

ایک بار میدان سے شور بلند ہونے لگا۔ تو پہلوان کو ہوش آیا۔ سچ سچ یہ تو بڑی بدنامی کی بات تھی۔ ان کے بلے بازی پر اتنے انعام رکھے گئے ہیں اور وہ ایک بھی رن نہیں بنا پا رہے ہیں۔ اگلی گیند غلطی سے بلے سے ٹکرا کر تھوڑی دور چلی گئی۔

"استاد رن لو۔ استاد رن بناؤ"، میدان سے ایک شور اٹھا تو پہلوان کو یاد آیا کہ وہ جو کھیل کھیل رہے ہیں اس میں دوڑ کر رن بھی بنانا پڑتا ہے۔

وہ دوڑے۔ اسی وقت گیند ایک کھلاڑی نے پکڑ کر گیند باز کی طرف اچھال دی۔ یہ منظر دیکھ کر استاد کی آنکھوں کے سامنے اندھیرا چھانے لگا۔ اس طرح تو وہ رن آوٹ ہو جائیں گے۔ اس خیال کے آتے ہی وہ پوری قوت لگا کر بھاگے۔

اس کی وجہ سے وہ آوٹ ہونے سے تو بچ گئے لیکن بھاگنے سے جو درگت ہوئی اس کی وجہ سے جان نکلتی محسوس ہوئی۔ آگے بھی ایک دو بار گیندیں بے خیالی میں بلے سے ٹکرا کر کچھ دور چلی گئی اور میدان سے رن لینے کے لئے شور اٹھنے لگا۔ اس شور کو سن کر استاد کو اپنی جان نکلتی محسوس ہونے لگی۔

پہلوان رنز بنانے کے لئے دوڑتے تو ایسا لگتا جیسے ساری طاقت دونوں پیروں میں جمع ہو رہی ہے۔ ایک دو بار تو لنگی میں الجھ کر اس طری طرح گرے کہ سارا جسم دہکتا ہوا انگارہ بن گیا۔ لیکن وکٹ بچانے کے لئے پھر اٹھ کر بھاگے۔

رنز لیتے وقت وہ سوچ رہے تھے یہ دوڑ دوڑ کر ایک دو رن بنانا۔ چھوٹے چھوٹے بچوں کا کام ہے۔ ان کے جیسے پہلوان کا کام نہیں ہے۔ غلطی سے گیند بلے سے ٹکراتی تو ان کا دل چاہتا وہ اپنی جگہ کھڑے رہے۔ رن نہ لے لیکن جب میدان سے رن لینے کے لئے شور بلند ہوتا تو ساری طاقت پاؤں میں سمیٹ کر دوڑنا پڑتا۔

پہلوان رن بنا رہا ہے یہ دیکھ کر گیند بازوں کو بھی غصہ آگیا۔ انہوں نے بھی گیند بازانہ چالیں چلنے کا سوچ لیا۔

گیند جس نیت کے ساتھ ڈالی گئی تھی اس میں کامیابی ملی۔

گیند جھنگا پہلوان کے سر سے ٹکرائی اور انہیں دن میں تارے دکھائی دینے لگے۔

انہوں نے اتنی سی مار پر کوئی رد عمل ظاہر نہیں کیا۔ انہیں لگا اگر انہوں نے کوئی رد عمل ظاہر کیا تو اس میدان میں ان کی ہی بے عزتی ہے۔

دوسری گیند سینے سے ٹکرائی تو تیسری پشت سے۔ جسم پر جہاں گیند ٹکرائی تھی ایسا محسوس ہوا جیسے کوئی الاؤ دہک اٹھا ہے اور وہاں سے پورے جسم میں درد کی آگ پھیل رہی ہے۔ کرکٹ کھیلنے میں ایسی مار بھی سہنی پڑتی ہے۔ انہوں نے کبھی نہیں سوچا تھا۔ اگلی بار اتنی زور سے گیند سر پر لگی کہ وہ دھڑام سے وکٹوں پر گر پڑے۔

" دہٹ وکٹ، آوٹ، آوٹ ہیں " کا شور اٹھا، پہلوان کو اٹھایا گیا اور انہیں ناٹ آوٹ دیکر دوبارہ کھیلنے کے لئے کہا گیا۔

لیکن یہاں پہلوان کی تو جان پر بن آئی تھی۔ انہیں لگا اس طرح سے گیندیں ان کے جسم سے ٹکراتی رہی تو وہ مستقبل میں کسی بھی کشتی کے قابل نہیں رہیں گے۔

وہ آوٹ ہونا چاہتے تھے۔۔۔۔ اور وہ اگلی ہی گیند پر بولڈ ہو گئے۔

استاد نے بڑے خلوص سے بلا انزل کی طرف بڑھا دیا۔ اور اگلا بلے باز میدان میں

اترا۔

ادھر میدان میں بیٹھے لوگ للو کا مذاق اڑا رہے تھے۔

"للو پہلوان نے تو کوئی کارنامہ نہیں بتایا۔ چوکے، چھکے تو دور مشکل سے ایک دو رنز بنائے۔"

"ارے استاد اگر بلے بازی میں ناکام ہوئے تو کیا ہوا۔ دیکھنا گیند بازی میں کیسا رنگ جماتے ہیں۔ استاد گیند بازی میں عرفان پٹھان سے کم نہیں ہیں۔" اتنا سننا تھا کہ تماشائی شور مچانے لگے۔

"بالنگ، ٹو جھنگا پہلوان۔"

"جھنگا پہلوان کو بالنگ دو۔"

یہ انزل کے لئے جتنی بڑی پریشانی کی بات تھی اس سے بڑی پریشانی کی بات پہلوان کے لئے تھی۔ اگر انہیں بالنگ کرنے کے لئے دیا گیا تو وہ کیا کریں گے؟ پھر انہوں نے سر جھٹک دیا۔

بالنگ کرنے کا مطلب گیند پھینکنا ہی تو ہے۔ پھینک کر دیکھ لیں گے۔ میدان کی طرف سے بار بار شور اٹھ رہا تھا کہ گیند بازی جھنگا پہلوان کو دی جائے اس شور سے بچنے کے لئے انزل نے گیند پہلوان کو تھما دی۔ پہلوان نے گیند تو ہاتھ میں سے لے لی لیکن وہ گیند بازی کے آداب سے ناواقف تھے۔ کیا کریں کچھ سمجھ میں نہیں آرہا تھا۔ پھر سوچا نقل ہی تو کرنی ہے ابھی تک جو گیند باز کئے ہوئے ہیں ان کی نقل کر کے کام شروع کرتے ہیں۔

انہیں یہ پتا تھا کہ گیند پھینکنے سے پہلے گیند باز دور سے دوڑتا آتا ہے وکٹ کے پاس اچھالتا ہے اور پھر گیند پھینکتا ہے۔

انہوں نے لمبا رن اپ ناپا۔ اور ہاتھ میں گیند لے کر دوڑنا شروع کیا۔ پہلوان جس

رفتار سے دوڑ رہے تھے اس رفتار سے ان کے پیچھے تالیوں کا شور اٹھ رہا تھا۔

دوڑتے ہوئے اچانک ان کا پیر لنگی میں الجھا اور وہ دھڑام سے منہ کے بل گر پڑے۔

ان کے گرنے پر تماشائیوں میں سے کچھ کے منہ سے سسکیاں نکلی تو کچھ کے منہ سے قہقہے۔

استاد بھی جھینپ گئے اور کپڑے جھاڑتے ہوئے دوبارہ رن اپ پر واپس آئے۔

ان کے ساتھ چلتے چلتے انزل نے ان سے کہا۔

"پہلوان لنگی پہن کر بالنگ کریں گے تو آپ پھر گریں گے۔۔ اس لئے بہتر اسی میں ہے کہ آپ اپنی لنگی کچھ اوپر چڑھالیں۔" بات پہلوان کو پسند آئی انہوں نے لنگی کچھ اس طرح سے چڑھائی جیسے کسی مراٹھی دیہاتن عورت ساڑھی باندھتی ہو۔ پہلوان کا اس روپ کو دیکھ کر لوگ ہنسنے لگے۔

پہلوان نے دوڑنا شروع کیا۔ اس بار لنگی کاسٹے کی شکل میں بندھی ہونے کی وجہ سے وہ گرے نہیں انہوں نے رن اپ پورا کر لیا۔ وکٹ کے پاس پہنچنے کے بعد انہیں خیال آیا انہیں گیند سے پہلے اچھلنا چاہئے۔ وہ اچھلے۔

لیکن کچھ زیادہ ہی اچھل گئے اتنا کہ اپنا توازن برقرار نہیں رکھ سکے۔ اور دھڑام سے منہ کے بل گر پڑے۔

اور میدان ایک بار پھر قہقہوں سے بھر گیا۔ پہلوان کو غصہ آیا۔ یہاں مجھے اتنی سخت چوٹیں آئیں ہیں۔ کوئی ہمدردی تو نہیں جتا رہا ہے۔ یہ سب ہنس رہے ہیں۔ "ایک ایک کو دیکھ لوں گا۔"

سوچتے وہ رن اپ پر واپس آئے۔ دوڑے، اچھلے گرے نہیں اور انہوں نے گیند

پھینکی۔

گیند نے اس جگہ ٹپہ نہیں کھایا جسے پچ کہتے ہیں۔ بلکہ بلے باز کے دس فٹ دور سے گزر کر سامنے میدان کے باہر ایک تماشائی کے پیٹ میں لگی اور وہ پیٹ پکڑ کر دوہرا لہو گیا۔

"ہائے میں مرا۔۔۔ ہائے ظالم نے کس زور سے مارا۔۔"

پہلوان کی گیند سے زخمی ہونے والے اس تماشائی کی کچھ لوگ عیادت میں لگ گئے اور گیند واپس میدان میں آگئی۔

جاتے ہوئے انزل نے پہلوان کو مشورہ دیا۔

"استاد طاقت کا نہیں عقل کا استعمال کیجئے وکٹ پر گیند پھینکیے۔۔۔"

انزل انہیں جس چیز کا استعمال کرنے کا مشورہ دے رہا تھا وہ تو ان کے پاس تھی نہیں۔ نتیجہ یہ ہوا کہ پوری چھ گیندیں بلے باز کے آٹھ آٹھ دس فٹ دوری سے گزر گئی۔

اوور پورا ہوا۔۔ انزل نے سکون کا سانس لیا۔ تو امپائر غرایا۔ "اوور شروع ہی کہاں ہوا ہے۔ ساری گیندیں تو وائڈ بال تھیں۔" امپائر کی بات سن کر انزل نے سر پکڑ لیا۔

اسے لگا پہلوان کی وائڈ گیندوں میں ہی آج رات ہو جائے گی۔ آئندہ جتنی بھی گیندیں پہلوان نے پھینکی وہ سب وائڈ قسم کی تھیں۔ پہلوان کا اوور ختم کیا ہوتا شروع ہی نہیں ہو رہا تھا۔ اس درمیان خوش قسمتی سے پہلوان کی ایک گیند پچ پر گر کر بلے باز کے پاس آئی۔

بلے باز حنین اس گیند کا تو بڑی بے صبری سے انتظار کر رہا تھا۔ اس نے دھیرے سے بلا گھمایا اور گیند آسمان میں اچھلی۔

"کیچ، کیچ"، تماشائی میں بیٹھا للو چیخا۔ اس کا ساتھ اور بھی کچھ لوگوں نے دیا۔ انہیں

پہلوان کی پہلی وکٹ مل گئی۔

لیکن اگر وہ کیچ ہوتا تو پکڑا جاتا۔ وہ تو سکسر تھا۔ سیدھا میدان کے باہر جاگرا۔

اس کے بعد یہ سلسلہ شروع ہو گیا۔

یا تو گیندیں بلے باز حنین کے آٹھ دس فٹ دوری سے نکل جاتی جو اس کے قریب سے گزرتی وہ آسانی سے اچھال کر میدان کے باہر پہونچا دیتا۔

اس دوران پہلوان کی حالت خراب ہو گئی۔

پورا جسم پسینے میں نہا گیا۔ پنڈلیاں جیسے دہکتا ہوا انگارہ بن گئیں۔ کبھی ایسا محسوس ہوتا جیسے کسی نے پنڈلیوں پر دہکتا ہوا انگارہ رکھ دیا ہے۔ کبھی محسوس ہوتا جیسے کسی نے پنڈلیوں کی ساری جان نکال لی ہو۔ ایسا لگتا پیروں کی ساری نسیں ایک دوسرے پر چڑھ گئی ہیں اور اندر نسوں کا ایک جال بن گیا ہے۔

جسم اور پیشانی سے پسینے کی دھاریں بہہ رہی تھی۔ استاد کسی مشاق گیند باز کی طرح وہ پسینہ گیند سے پونچھ رہے تھے اور دعا مانگ رہے تھے کہ جلد اوور ختم ہو۔

"ابھی کتنی گیندیں باقی ہیں؟" انہوں نے امپائر سے پوچھا۔

"دو گیندیں اور باقی ہیں۔"

وہ تیس چالیس کے قریب گیندیں پھینک چکے تھے۔ لیکن صحیح گیندیں صرف چار مانی گئی تھیں جن پر حنین نے چار چھکے لگائے تھے۔

اس کے بعد پہلوان نے مسلسل آٹھ گیندیں پھینکی جو بے قرار دی گئی تب جا کر ایک صحیح گیند گری جس پر حنین نے پھر ایک چھکا لگایا۔

ان کے جسم میں جان باقی نہیں رہی تھی۔

دل تو چاہ رہا تھا گیند پھینک کر میدان کے باہر بھاگ جائے یا پھر میدان کی گھاس پہ

سو جائے۔

لیکن معاملہ عزت کا تھا۔ انہوں اسطرح کا کوئی قدم اٹھایا تو لوگ مذاق اڑائیں گے۔

"بڑا کرکٹر بننے چلا تھا۔ ایک اوور بھی ٹھیک طرح سے پھینک نہیں سکا۔"

اس لئے بھلے جان چلی جائے، عزت بچانے کے لئے اس اوور کو مکمل کرنا بے حد ضروری تھا۔

اس لیے جان کی بازی لگا کر وہ اوور مکمل کرنے میں لگ گئے۔

لیکن مسلسل گیندیں وائڈ گر رہی تھیں اور ہر وائڈ گرتی گیند کے ساتھ پہلوان کے جسم سے جان ٹکڑے ٹکڑے ہو کر نکل رہی تھی۔ خدا خدا کر کے ایک گیند صحیح گری۔ اور اس گیند پر بھی حنین نے چھکا لگایا۔

اس چھکے پر جتنی خوشی کا اظہار تماشائیوں اور حنین نے کیا تھا اس سے زیادہ اظہار پہلوان نے کیا۔

"چھکا" کہہ کر وہ خوشی سے ناچنے لگے۔

چلو جان چھوٹی۔۔۔ اوور مکمل ہوا۔ اور وہیں لڑکھڑا کر گر گئے اور بے ہوش ہو گئے۔

تماشائیوں نے آ کر انہیں گھیر لیا۔ للو تماشائیوں کو بتانے لگا۔ "ارے استاد کو سخت صدمہ ہوا ہے۔ کتنی بے عزتی ہوئی ہے۔ ان کی چھ گیندوں پر چھ چھکے لگے ہیں۔"

پہلوان کو اسپتال لے جایا گیا۔

کرکٹ نے جھنگا پہلوان کو کچھ اس طرح چھکے چھڑائے تھے کہ اس کے بعد انہوں نے کبھی کرکٹ کھیلنے کا نام نہیں لیا۔

---*---*---*---

جھنگا پہلوان نے امپائرنگ کی

جھنگا پہلوان پیلی اسکول کے گراؤنڈ کے پاس سے گزر رہے تھے تو انہوں نے وہاں پر بھیڑ دیکھی تو رک گئے۔

"کیا بات ہے؟ آج یہاں اتنی بھیڑ کیوں ہے؟" انہوں نے ایک آدمی سے پوچھا۔

" ارے جھنگا استاد آپ جانتے ہیں" وہ آدمی پہلوان کو جانتا تھا۔ " آج گراؤنڈ پر انزل کی کرکٹ ٹیم ایگل اور شہر کی مشہور ٹیم چیلنج کے درمیان مقابلہ ہے۔ اسے دیکھنے کے لئے اتنی بھیڑ جمع ہوئی ہے۔"

کرکٹ کے دیوانوں سے جھنگا پہلوان اچھی طرح واقف تھے۔ دیوانوں کی دیوانگی کا یہ عالم ہوتا ہے کہ اگر محلے میں چھوٹے چھوٹے بچے بھی کرکٹ کھیل رہے ہوتے ہیں تو وہ میچ دیکھنے کھڑے ہو جاتے ہیں اور یہ تو شہر کی دو مشہور و معروف ٹیموں کے درمیان میچ تھا اس لیے بھیڑ اکٹھا ہونا بھی ضروری تھا۔

جھنگا پہلوان کبھی بھی کرکٹ کے دیوانے نہیں رہے بلکہ کرکٹ تو ان کی سمجھ کے باہر ہی رہا۔ ایک بار کرکٹ کھیلنے کا انہیں شوق چرایا تھا۔ لیکن ان کی اس وقت ایسی درگت ہوئی تھی کہ اسی دن سے کانوں کو ہاتھ لگا لیا تھا کہ اب وہ کبھی کرکٹ کھیلنے کا نام بھی نہیں لینگے۔

اس کے بعد انھوں نے کرکٹ پر کبھی توجہ نہیں دی تھی۔

لیکن جب سنا کہ ایگل اور چیلینج کی ٹیموں کے درمیان میچ ہے تو دل میں میچ دیکھنے کا خیال آیا۔ کیونکہ اتنا تو معلوم تھا کہ دونوں شہر کی مانی ہوئی ٹیمیں ہیں اس لیے دونوں میں کانٹے کا مقابلہ ہو گا۔

میچ شروع ہوا تھا۔ دراصل میچ کے امپائر کو لیکر دونوں ٹیموں کے درمیان جھگڑا چل رہا تھا۔

جس امپائر کا نام ایگل والے لیتے تھے چیلنج والے اسے مسترد کر دیتے تھے اور چیلنج والے جس امپائر کا نام پیش کرتے ایگل والے اسے مسترد کر دیتے تھے۔

ایک بھی نام ایسا نہیں تھا جس پر دونوں متفق ہوں۔

"کیا بات ہے انزل کیا معاملہ ہے"، وہ ایگل کے کپتان سے واقف تھے اس لیے انہوں نے اس سے پوچھا۔

ان پر نظر پڑھتے انزل کی باچھیں کھل گئیں۔

" ارے استاد آپ ! اچھا ہوا آپ آ گئے، آپ نے ہمارا مسئلہ حل کر دیا۔ میں چاہتا ہوں آج آپ اس کرکٹ میچ میں امپائرنگ کریں !" مقابل ٹیم کے کپتان ولاس کی نظر جب پہلوان پر پڑی تو وہ بھی فوراً انہیں میچ کا امپائر بنانے کے لئے متفق ہو گیا۔ وہ بھی پہلوان کو جانتا تھا۔ ٹھیک ہے "ہم جھنگا پہلوان کو امپائر بنانے کے لئے تیار ہیں۔"

دونوں کپتان پہلوان کے نام پر متفق ہیں یہ سن کر تماشائیوں نے ایک خوشی کا نعرہ لگایا۔ چلیں اس طرح جلد میچ شروع ہو گا ورنہ امپائر کا تنازعہ کی وجہ سے میچ شروع ہی نہیں پا رہا تھا۔ اور وہ میچ شروع ہونے کا انتظار کرتے کرتے اکتا گئے تھے۔

ادھر وہ تماشائی تو خوش ہو گئے لیکن پہلوان مشکل میں پھنس گئے۔

وہ کرکٹ کی امپائرنگ کی اے بی سی بھی نہیں جانتے تھے۔ تو بھلا کس طرح

امپائرنگ کرتے۔ لیکن معاملہ عزت کا تھا۔ اگر اس وقت وہ یہ کہہ کر انکار کر دیں گے کہ ان کو امپائرنگ نہیں آتی ہے تو سب لوگ ان کا مذاق اڑائیں گے۔ اتنے بڑے جھنگا پہلوان اور امپائرنگ بھی نہیں کر سکتے۔

معاملہ ان کے ڈریس پر رک گیا۔ لوگ کہہ رہے تھے کہ وہ امپائرنگ کر رہے ہیں تو امپائر کے لباس میں میدان میں اترے۔ لیکن جھنگا پہلوان اپنا روایتی پہلوانی لباس کرتا اور لنگی بدلنے کے لئے تیار نہیں تھے۔

طے یہ ہوا کہ پہلوان اسی لباس میں امپائرنگ کریں گے انہیں صرف سر پر امپائر کی سفید ٹوپی پہنادی جائے۔

ٹاس کیلئے وہ دونوں کپتانوں کو لیکر میدان میں اترے۔ تماشائیوں نے تالیاں بجائی۔

ٹاس کے لئے انہوں نے سکہ اچھالا۔

سکہ پہلوانی انداز میں اچھالا گیا تھا۔ اتنا اونچا تھا کہ دونوں کپتانوں نے سکہ کو آسمان میں جاتے ہوئے دیکھا تھا۔ آسمان سے واپس کب وہ زمین پر آیا اور کہاں گرا کسی کو پتہ نہیں چل سکا۔

تھوڑی تلاش کے بعد ٹاس کے لئے دوسرا سکہ نکالا گیا۔

"استاد اس بار ذرا کم اچھالو۔" انزل بولا۔

"ہاں پہلوان۔ اس بار سکہ تھوڑا کم اچھالنا۔" ولاس بھی بول اٹھا۔

حکم کے مطابق پہلوان نے سکہ تھوڑی کم طاقت سے اچھالا۔ ٹاس ہوا۔

ٹاس ولاس نے جیتا اور اس نے پہلے بلے بازی کرنے کا فیصلہ کیا۔ انزل کی ٹیم میدان میں فیلڈنگ کرنے کے لئے اتری۔ مد مقابل ٹیم کے دونوں بلے باز بلے بازی کے لئے میدان میں آئے۔

پہلوان کی کچھ سمجھ میں نہیں آیا کیا کرے۔ پورے کھلاڑیوں میں انہیں انزل ہی اپنا ہمدرد دکھائی دیا۔ وہی انہیں بتا سکتا تھا کہ انہیں کیا کرنا ہے۔

جیسے ہی انزل قریب آیا انہوں نے اس سے پوچھا۔

"میں تو کچھ بھی نہیں جانتا ہوں، کہ کس طرح امپائرنگ کی جاتی ہے۔ کچھ مدد کرو۔

" یہ سن کر انزل کی باچھیں کھل گئیں اسے لگا بکرا ہاتھ لگ گیا ہے۔ اب اس سے جو چاہے وہ کام لیا جا سکتا ہے۔

"کچھ نہیں ہاتھ داہنے طرف سیدھا رکھو۔ جب تک بالر بالنگ مارک پر جاتے پھر اسے بالنگ کرنے کے لئے راستہ دینے کے لئے ہاتھ نیچے کر دو۔ چھ گیندیں ہونے کے بعد کہو اوور پورا ہو گیا کسی کو آوٹ قرار دینا ہے ہاتھ اوپر اٹھا دینا۔ یا انگلی اوپر اٹھا دینا۔ اس طرح ہاتھ کر کے چوکا دیا جاتا ہے، چھکا دینے کے لئے دونوں ہاتھ اوپر اٹھائے جاتے ہیں۔ نو بال کے لیے ہاتھ متوازی رکھا جاتا ہے۔" انزل نے تقریباً امپائرنگ یا اس فن کی تمام اہم باتیں پہلوان کو بتا دی۔ دوسری گیند پر کھلاڑی نے چوکا مارا۔ جب تماشائیوں کی طرف سے شور اٹھا۔ "چوکا۔۔، فور۔۔۔"

تو پہلوان کو ہوش آیا انہوں نے چار رنز کا اشارہ کیا۔

اچانک انہیں یاد آیا کہ میچ میں نو بال بھی دی جاتی ہے۔

حنین بالنگ کر رہا تھا۔ حنین نے پہلی گیند کی۔ پہلوان نے اسے نو بال قرار دیا۔ حنین حیران تھا اس کی کچھ سمجھ میں نہیں آ رہا تھا کہ کس طرح نو بال گری۔ بلے باز نے نو بال کا فائدہ اٹھایا اور اسے اچھال کر مارا۔ گیند سیدھی باونڈری کے باہر۔

"سکسر۔ سکسر۔ چھکا" تماشائی شور مچانے لگے۔

پہلوان نے چار رنز کا اشارہ کیا تو سب حیران رہ گئے۔ بلے باز آکر پہلوان سے الجھ

گیا۔ اس نے چھکہ مارا آپ نے اسے چوکا کیوں قرار دیا۔

اس پر پہلوان بولے "یہ چوکا نہیں چھکا دیا ہوں"

"لیکن آپ نے تو چوکے کا اشارہ کیا۔" بلے باز بولا۔

"میں اپنا وہ اشارہ واپس لیتا ہوں اور چھکے کا اشارہ کرتا ہوں"۔ پہلوان بولے۔ تو بلے باز نے اپنا سر پکڑ لیا۔

حنین دوسری گیند ڈالی اسے بھی پہلوان نے نو بال قرار دیا۔

تیسری گیند ڈالی اسے بھی نو بال قرار دیا تو حنین ان سے الجھ گیا۔

"آپ میری گیند کو نو بال کیوں قرار دے رہے ہیں؟"

"ابھی صرف تین گیندوں کو نو بال قرار دیا ہے۔ تین گیندوں کو نو بال قرار دینا باقی ہے۔ اوور میں چھ گیندیں ہوتی ہیں نا۔" پہلوان نے جواب دیا۔

پہلوان کا جواب سن کر حنین نے اپنا سر پکڑ لیا اور انزل سے کہا کہ وہ پہلوان کو سمجھائیں کہ نو بال کیا ہوتا ہے؟

انزل کو نو بال کی تاریخ پہلوان کو کیا پڑھاتا صرف اتنا کہا۔

"استاد ہر اوور میں صرف ایک گیند کو نو بال قرار دی جاتی ہے، چھ گیندیں نہیں۔"

"اچھا تو یہ بات ہے"، استاد اس بات کو گرہ میں باندھ لیا۔

اب ہر اوور میں وہ ایک گیند کو نو بال قرار دیتے چاہے وہ نو بال نہ ہو۔ اچانک اسامہ کی ایک گیند بلے باز کے پیروں پر لگی۔ سب کھلاڑیوں نے ایل۔ بی۔ ڈبلیو کے لیے زور سے اپیل کی۔

لیکن پہلوان ٹس سے مس نہیں ہوئے۔

کھلاڑیوں نے دوسری بار اپیل کی۔ استاد کے کان پر جوں نہیں رینگی تو مایوس ہو کر

گیند باز واپس بولنگ کرنے کے لئے مڑا۔

" استاد۔۔ آوٹ کا ایک طریقہ ایل بی ڈبلیو بھی ہوتا ہے۔ گیند بلے باز کے پیروں سے لگے تو اسے آوٹ قرار دیا جاسکتا ہے۔"

" ایسی بات ہے۔" پہلوان بولے۔۔ "اب میں ایسا ہی کروں گا۔"

حنین نے اگلی گیند پھینکی بلے باز نے آگے آکر کھیلا۔ گیند اس کے پیروں میں الجھی کسی نے اپیل نہیں کی پہلوان نے انگلی اٹھا کر بلے باز کو آوٹ قرار دیا۔ بلے باز حیرت سے پہلوان کو دیکھتا میدان سے باہر گیا۔

اگلا بلے باز آیا۔ حنین نے گیند کی۔ گیند اس کے پیروں میں الجھی۔ پہلوان نے انگلی اوپر اٹھادی۔ بلے باز خود بخود نظروں سے پہلوان کو گھورتا میدان کے باہر گیا۔

انزل نے اپنا سر پکڑ لیا اور آکر دھیرے سے پہلوان کے کانوں میں بولا "استاد ہر کھلاڑی کو ہر گیند پر آوٹ قرار نہیں دیا جاسکتا۔"

"اچھا تو یہ بات ہے۔" پہلوان نے یہ بات گرہ میں باندھ لی۔

اس کے بعد اگلے دس اوور تک انہوں نے کسی بھی کھلاڑی کو ایل بی ڈبلیو آوٹ قرار نہیں دیا۔

گیندیں کھلاڑیوں کے پیروں میں الجھتی رہیں۔ کھلاڑی اپیل کرتے رہے لیکن پہلوان ان اپیلوں سے بے نیاز رہے۔

اسامہ نے ایک بہت خراب اوور کیا۔

ہر بال بلے باز کے پانچ دس فٹ دوری سے نکل گئی۔

بلے باز گیند کو وائڈ قرار دینے کے لیے اپیل کرتا رہا۔ لیکن وائڈ بال کیا ہے پہلوان کو معلوم ہی نہیں تھا۔ دوسرے سرے پر بلے بازی کرتا بلے باز یہ سب دیکھ کر ضبط کرتا

رہا۔ لیکن جب اس کے ضبط کی حد ختم ہو گئی تو وہ پہلوان سے الجھ گیا۔

" ایسے کیسے امپائر ہو۔ گیندیں بلے باز کے آٹھ آٹھ دس دس فٹ دور سے جا رہی ہیں اور ایک بھی گیند کو وائڈ قرار نہیں دے رہے ہو۔"

" تو کیا میچ میں گیندوں کو وائڈ بھی قرار دیا جاتا ہے۔" انہوں نے بلے باز سے پوچھا۔" بالکل"،"بلے باز نے کہا"۔"اور گیند کو وائڈ قرار دینے کے لئے اس طرح اشارہ کرتے ہیں۔"

"بہت بہت شکریہ، اب دیکھنا میرا کمال۔" پہلوان نے کہا۔

حنین نے اگلی گیند کی۔ گیند مڈل اسٹمپ پر تھی۔

پہلوان نے اسے وائڈ قرار دیا۔

دوسری گیند لیگ اسٹمپ پر تھی۔ بلے باز نے اسے لیگ سائڈ میں کھیل کر دو رنز بنائے۔ پہلوان نے اسے وائڈ قرار دیا۔

"پہلوان۔ اس گیند کو بلے باز نے کھیلا ہے۔ دو رن بنائے ہیں پھر بھلا یہ گیند وائڈ کس طرح ہو سکتی ہے؟" حنین پہلوان سے الجھ گیا۔

"تو اچھا یہ بات ہے۔ جو گیند بلے باز کھیلے وہ وائڈ نہیں ہوتی ہے۔ جو نہ کھیلے وہی گیند وائڈ ہو سکتی ہے۔" پہلوان بولے۔

"ہاں"۔۔ حنین نے جل کر جواب دیا۔

حنین نے اگلی گیند مڈل اسٹمپ پر ڈالی۔ بلے باز نے اسے کھیلنے کی بجائے چھوڑ دیا۔

پہلوان نے اس گیند کو وائڈ قرار دیا۔

" یہ گیند کس طرح وائڈ ہو سکتی ہے۔ یہ تو مڈل اسٹمپ پر تھی۔ " حنین غرا کر پہلوان سے پوچھا۔

"بلے باز نے نہیں کھیلی تھی، یعنی یہ بال وائڈ تھی۔"

پہلوان کا یہ جواب سن کر حنین نے اپنا سر پکڑ لیا اور گیند بازی کرنے سے انکار کر دیا۔

انزل کے لیے یہ بڑی پریشانی کی بات تھی۔ ٹیم میں حنین کی طرح کوئی گیند باز نہیں تھا۔ وہ گیند بازی کس سے کرائے۔ اس نے حنین کی لاکھ منت سماجت کی لیکن اس نے صاف کہہ دیا۔

"ایسے اناڑی امپائر کے سامنے گیند بازی کر کے میں اپنی عزت خراب کرنا نہیں چاہتا ہوں۔۔۔۔"

مجبوراً انزل کو گیند بازی کرنی پڑی۔

پہلوان کو یاد آیا بہت دیر سے انہوں نے نو بال نہیں دی ہے۔ کچھ گیندوں کو تو نو بال قرار دینا چاہئے۔

انزل نے بلے باز کو مڈل اسٹمپ پر گیند دی۔ پہلوان نے اس گیند کو نو بال قرار دیا۔ بلے باز نے نو بال کا اشارہ دیکھ لیا تھا۔ اس نے گیند کو اچھال کر مارا تو سیدھا میدان کے باہر۔

"چھکا"۔۔۔ ایک شور بلند ہوا۔

انزل کی دوسری، تیسری گیند کو بھی پہلوان نے نو بال قرار دیا۔ اور ان پر بلے باز نے پھر ایک چو کہ اور ایک چھکا لگایا۔

"استاد یہ کیا کر رہے ہو۔ کیوں میری بے عزتی کرانے پر تُلے ہو۔ میری ہر گیند کو نو بال کیوں قرار دے رہے ہو؟" انزل نے استاد سے کہا۔

تو انہوں نے کہا "ٹھیک ہے، اب کوئی گیند نو بال قرار نہیں دی جائے گی۔"

اس کے بعد پھر پوری اننگ کہ گیند بازوں کے نو بال ڈالنے پر بھی پہلوان نے گیندوں کو نو بال قرار نہیں دیا۔

تھوڑی دیر بعد اچانک انہیں یاد آیا کہ بہت دیر سے انہوں نے کسی کھلاڑی کو ایل بی ڈبلیو قرار نہیں دیا۔

بس کیا تھا۔ اس بات کے یاد آتے ہی انہوں نے اپنے اس فرض کی ادائیگی میں تن من دھن لگانے کا طے کر لیا اور انہوں نے اگلے تین کھلاڑیوں کو ایل بی ڈبلیو قرار دیکر چیلنج کی اننگ کا خاتمہ کر دیا۔

بس گیند باز کی گیند بلے بازوں کے پیروں سے ٹکراتی اور جھنگا پہلوان کی انگلی ہوا میں اٹھ جاتی اور تماشائیوں کی طرف سے ایک شور اٹھتا۔ "آوٹ"

اور بلے بازی کرنے والا بلے باز جھنگا پہلوان کو خونخوار نظروں سے دیکھتا ان کے خلاف احتجاج کرتا میدان سے باہر جاتا۔

جب تک انزل کی ٹیم کی ایک اننگ شروع ہو تماشائیوں میں جھنگا پہلوان کی امپائرنگ پر تبصرے چلتے رہے۔

"جھنگا پہلوان نے بہت خراب امپائرنگ کی ہے۔"

"ارے کس بے وقوف کو امپائر بنا دیا جس کو نو بال اور وائڈ بال کا فرق نہیں معلوم۔ "

"ارے جو چوکے کو چھکا اور چھکا کو چوکا قرار دے اس سے اور کس بات کی کا توقع کی جا سکتی ہے۔"

چیلنج کا کپتان ولاس سخت ناراض تھا۔ اس کا کہنا تھا کہ اس کے ٹیم کے چھ کھلاڑیوں کو غلط آوٹ قرار دیا گیا ہے۔ اگر انہیں کھیلنے کا موقع دیا جاتا تو ان کی ٹیم موجودہ اسکور سے

دو گنا رنز بناتی۔

تھوڑی دیر بعد ولاس کی ٹیم انزل کی ایگل کے خلاف گیند بازی کرنے کیلئے اتری۔ ولاس نے گیند بازی شروع کی۔

حنین اور اسامہ نے بلے بازی کرتے ہوئے پہلے اوور میں ۱۵ رنز بنا ڈالے۔ ان میں حنین کا ایک نو بال پر لگا یا چھکا بھی شامل تھا۔ جو گیند باز کی نظر میں نو بال نہیں تھا۔ امپائر جھنگا پہلوان نے زبردستی اس بال کو نو بال قرار دیا تھا۔

اگلے اوور میں دو تین بار کھلاڑیوں نے آوٹ کی اپیل کی کبھی کیچ کی اپیل کی جا رہی تھی تو کبھی اسٹمپ کی اور کبھی رن آوٹ کی۔ لیکن جھنگا پہلوان نے آوٹ نہیں دیا۔

لیکن چوتھی بار جب اسامہ پر کھلاڑیوں نے آوٹ کی اپیل کی تو جھنگا پہلوان نے سوچا۔ کھلاڑی بار بار آوٹ کی اپیل کر رہے ہیں تو ضرور بلے باز آوٹ ہو گا۔ اور یہ سوچ کر انہوں نے اسامہ کو آوٹ قرار دے دیا جبکہ وہ کسی بھی صورت میں آوٹ نہیں تھا۔

اس کے بعد اور دو کھلاڑیوں کا انجام بھی یہی ہوا۔

کھلاڑی ہر گیند پر آوٹ کی اپیل کرتے اور چار پانچ بار کی اپیل کے بعد جھنگا پہلوان ناٹ آوٹ کھلاڑیوں کو بھی آوٹ قرار دے دیتے۔

تین وکٹوں کے گرنے کے بعد انزل میدان میں آیا۔ آتے ہی وہ جھنگا پہلوان پر برس پڑا۔

"استاد یہ کیا کر رہے ہو۔ مجھے اور میری ٹیم کو ذلیل کرنا چاہتے ہو۔ میری ٹیم کے تین کھلاڑیوں کو آپ نے آوٹ قرار دیا جبکہ وہ آوٹ نہیں تھے۔"

کھلاڑی بار بار آوٹ کی اپیل کر رہے تھے تو میں نے سمجھا جب اتنے کھلاڑی بار بار آوٹ کی اپیل کر رہے ہیں تو ضرور بلے باز آوٹ ہو گا اس لئے میں نے آوٹ دے دیا۔"

"استاد خدا کے لئے یہ بات اپنے ذہن میں باندھ لیجئے کہ کھلاڑی اگر اپیل کرے تو اس کا یہ مطلب ہر گز نہیں ہوتا کہ بلے باز آوٹ ہے۔"

"یہ بات ہے۔ اب تو پورے میچ میں میں کھلاڑیوں کی اپیل پر کسی کو آوٹ نہیں دوں گا۔" جھنگا پہلوان بولے۔

اور سچ مچ اس اصول کا خمیازہ ولاس کی ٹیم کو بھگتنا پڑا۔

کھلاڑی بار بار آوٹ کی اپیل کرتے لیکن جھنگا پہلوان کسی بلے باز کو آوٹ قرار نہیں دیتے۔

ایک بار جب مایوس ہو کر کھلاڑیوں نے اپیل کرنا ہی چھوڑ دیا تو جھنگا پہلوان کو یاد آیا کسی کھلاڑی کو آوٹ دینا چاہئے۔ بہت دیر سے انہوں نے کسی کھلاڑی کو آوٹ قرار نہیں دیا ہے۔

اور اگلی ہی گیند پر انہوں نے حنین کو آوٹ قرار دے دیا۔ اپنے آوٹ ہونے پر حنین بھی حیران تھا اور گیند باز بھی۔ دونوں کی کچھ سمجھ میں نہیں آ رہا تھا کہ وہ کس طرح آوٹ ہوا ہے۔ اس کے بعد پورے میچ میں استاد انہیں سکھائے گئے امپائرنگ کے اصول دہراتے رہے۔

ہر اوور میں ایک نو بال دیتے۔ تو کبھی کبھی کسی اوور میں مڈل اسٹمپ پر گرنے والی تین تین گیندوں کو بھی وائڈ بال قرار دیتے۔ ایل بی ڈبلیو قرار دینا تو بھول ہی گئے تھے۔ کھلاڑی صاف بولڈ ہو جاتا تو آوٹ دے دیتے۔

ایک دو بار جب اچھی گیندوں پر بلے باز کی کیچیں پکڑی گئیں تو جھنگا پہلوان نے ان گیندوں کو نو بال قرار دیکر کھلاڑیوں کو آوٹ ہونے سے بچا لیا۔

چیلنج کا کپتان ولاس بے حد نروس تھا۔ اسے اپنی شکست سامنے دکھائی دے رہی

تھی۔ اس طرح تو وہ لاکھ کوشش کرے اس کی ٹیم جیت ہی نہیں سکتی۔

انزل بے حد خوش تھا۔ اسے اپنی ٹیم کی فتح صاف دکھائی دے رہی تھی۔ آخر میچ کا فیصلہ کن مرحلے میں پہونچ گیا۔

انزل نے ایک رن لیکر ولاس کی ٹیم کے اسکور کی برابری کرلی۔ اب فتح کے لئے اس کی ٹیم کو صرف ایک رن بنانا تھا۔ اور اس کی ٹیم کے تین کھلاڑی ابھی آوٹ ہونا باقی تھے۔ اور کئی اوور باقی تھے۔ ہر کوئی انزل کی ٹیم کی فتح کی پیشن گوئی کر رہا تھا اور ولاس راو کی افسردگی بڑھتی جارہی تھی۔

لیکن اچانک جھنگا پہلوان نے میچ کا پانسہ پلٹ دیا۔

پتہ نہیں کیا ان کے دل میں سمائی۔ انہوں نے اگلی تین گیندوں کو مسلسل انزل کی ٹیم کے تین کھلاڑیوں کو ایل بی ڈبلیو قرار دے دیا۔

اور میچ ٹائی ہو گیا۔

میچ ٹائی ہونے پر ولاس راو بے حد خوش تھا کہ اچھا ہوا میچ ٹائی ہو گیا۔ ان کی ٹیم کو شکست کی ذلت سے نجات مل گئی۔

اور انزل اپنا سر پیٹ رہا تھا اور اس منحوس لمحہ کو کوس رہا تھا جب اس نے جھنگا پہلوان کو اس میچ کے لئے امپائر بنایا تھا۔

جھنگا پہلوان کی امپائرنگ کی وجہ سے اس کی ٹیم ایک جیتا میچ ٹائی کر سکی۔

---*---*---*---

جھنگا پہلوان نے انٹرویو دیا

دھماکہ ٹی وی کے رپورٹر راجو بھائی کو دھماکہ ٹی وی کے سی ای او نے دھمکی دی تھی۔

"تم دھماکہ ٹی وی میں رپورٹر کا کام کرتے ہو مگر کئی دنوں سے تم نے کوئی دھماکہ دار خبر نہیں لائی۔ اگر تم دھماکہ وار خبریں نہیں لاسکتے تو تمہیں دھماکہ ٹی وی میں کام کرنے کا کوئی حق نہیں ہے۔ ایک ہفتہ کے اندر تم نے کوئی دھماکہ دار خبر یا نیوز آئیٹم نہیں لایا تو تمہاری ملازمت ختم سمجھ۔"

یہ سن کر راجو پریشانی میں پڑ گیا تھا۔ اب وہ ایک ہفتہ کے اندر کوئی دھماکہ دار خبر کہاں سے لائے؟

لیکن وہ آخر ایک رپورٹر تھا۔ پکا اخبار اور ٹی وی والا وہ ہار کیسے ماننے والا تھا۔"

سی ای او جی۔۔۔ میں بھی رپورٹر نہیں۔ معمولی سی بات کو دھماکہ دار خبر بنانا بہت اچھی طرح جانتا ہوں۔ آٹھ دن کے اندر کیا ہنگامہ مچاتا ہوں دیکھئے اور وہ اپنے ٹی وی کیمرہ مین کے ساتھ خبر میں تلاش میں نکل گیا۔ تین بتی کی بھیڑ میں وہ اپنی خبر تلاش کر رہا تھا کہ اچانک اس کی نظر کھاٹ پر لیٹے جھنگا پہلوان پر پڑی۔

جھنگا پہلوان کھاٹ پر آنکھ بند کیئے لیٹے تھے اور ان کا چمچہ للو ان کے پیر دابے رہا تھا۔

یہ کون صاحب ہیں؟ راجو نے للو سے پوچھا۔

"انہیں جانتے نہیں ہو ؟" للو نے حیرت سے اس کی طرف دیکھا، "یہ استاد جھنگا پہلوان ہیں۔"

"جھنگا پہلوان ۔۔۔ کیا یہ کوئی بہت بڑے پہلوان ہیں ؟" راجو نے پوچھا۔ "کیا انہوں نے کبھی رستم زماں، رستم ہند، ہند کیسری، مہاراشٹر کسری، بھیونڈی کیسری کا خطاب جیتا ہے ؟"

"اگر استاد ان مقابلوں میں شرکت کرتے تو یہ انعامات بھی جیت لیتے"، للو بولا۔

راجو نے جھنگا پہلوان کے ڈیل ڈول کو دیکھا تو اسے لگا اسے اس کی خبر مل گئی ہے۔

ہاتھی جیسا ڈیل ڈول والا اور نام جھنگا پہلوان۔

کیونکہ دھماکہ ٹی وی کے لیے جھنگا پہلوان کا انٹرویو لے لیا جائے۔

"میرا نام راجو ہے"، وہ پہلوان سے بولا، "اور میں دھماکہ ٹی وی کی جانب سے آیا ہوں۔ میں دھماکہ ٹی وی کے لیے آپ کا انٹرویو لینا چاہتا ہوں۔"

"ٹی وی کے لیے میرا انٹرویو۔ "۔۔۔ پہلوان گھبرا گئے۔ "میں نے تو آج تک کبھی کسی کی نوکری کے لئے بھی انٹرویو نہیں دیا تو بھلا ٹی وی کیلئے کس طرح دے سکتا ہوں۔"

"گھبرائیے نہیں، بالکل سیدھا سا انٹرویو ہو گا جیسے ہم اور آپ بات چیت کر رہے ہیں۔" راجو نے پہلوان کو سمجھایا۔

"ٹھیک ہے"، پہلوان کی یہ سن کر جان میں جان آئی۔ "میں تیار ہوں۔"

"پہلا سوال"۔ کہتے راجو نے ٹی وی کا مائیک سنبھالا اور کیمرہ مین نے کیمرہ پہلوان کے چہرہ پر مرکوز کیا، "آپ ہاتھی کی طرح اونچے پورے، موٹے تازے دکھائی دیتے ہیں پھر بھی آپ کو جھنگا پہلوان کیوں کہا جاتا ہے ؟"

"اب میں اس سلسلے میں کیا کہہ سکتا ہوں، لوگوں نے نام دے دیا تو میرا نام جھنگا

پہلوان پڑ گیا، ورنہ میرا اصلی نام انصاری عبد العزیز ہے۔"

"آپ کا نام جھنگا پہلوان کس طرح پڑا؟"

"میں، بچپن میں بہت دبلا پتلا تھا، جھنگے کی طرح، اس وقت میرے ذہن میں پہلوانی کی دھن سمائی، میں پہلوانی کرنے لگا تو لوگ میرے بارے میں کہنے لگے، دیکھو جھنگا بھی پہلوانی کر رہا ہے اور مجھے جھنگا پہلوان، کہہ کر چڑانے لگے تب سے میرا نام جھنگا پہلوان پڑ گیا۔"

جھنگا پہلوان کا ٹی والے انٹرویو لے رہے ہیں، یہ دیکھ کر چاروں طرف بھیڑ لگ گئی اور سینکڑوں ہزاروں لوگ جمع ہو گئے اور کوشش کرنے لگے کہ ٹی وی کے کیمرے میں ان کی بھی ایک جھلک آ جائے۔ اس دوران کبھی کبھی کیمرہ مین جھنگا پہلوان کے چہرے سے کیمرہ ہٹا کر ان لوگوں پر بھی کیمرہ مار دیتا تھا۔

"اچھا آجکل پہلوانی اور پہلوانوں کی کیا صورت حال ہے"، راجو نے سوال کیا۔

"بہت بری حالت ہے۔" جھنگا پہلوان بولے، "یہ ایک قدیم فن ہے جو ختم ہو رہا ہے۔ لوگ اس قدیم فن کو نہ سیکھ رہے ہیں نہ حکومت اس فن کو زندہ رکھنے کے لئے کوئی قدم اٹھا رہی ہے۔ اس فن کے ماہر استاد پہلوان لوگ بھوکے مر رہے ہیں۔"

استاد کا اتنا کہنا تھا کہ راجو کی باچھیں کھل گئی۔

اسے لگا کہ اسے دھماکہ دار خبر مل گئی ہے۔ استاد جھنگا کی اس بات کو اب وہ کیسا مسالہ دار نیوز آئیٹم بنانا ہے۔ جو لوگ ٹی وی دیکھتے رہ جائیں گے۔

اس نے اپنے نیوز آئیٹم کا آخری جملہ خود کو لوگوں کی بھیڑ کے درمیان کھڑے کر کے مکمل کیا۔

"تو یہ ہے فن پہلوانی کے ماہر ایک پہلوان استاد جھنگا پہلوان کا درد جو اس بات سے

دکھی ہے کہ ایک قدیم فن مر رہا ہے اور بے حس سرکار اس فن کو مرنے سے بچانے کے لئے کوئی قدم نہیں اٹھا رہی ہے۔"

کہہ کر راجو نے اپنا بوریا بستر لپیٹنا شروع کیا تو پہلوان نے پوچھا۔ "میرا انٹرویو کب آئے گا؟"

شام تک دھماکہ ٹی وی پر آپ کو انٹرویو آجائے گا۔

کہتا وہ چلتا بنا اور استاد کے انٹرویو پر نیوز اسٹوری بنانے میں لگ گیا۔ ہزاروں لوگ جنھوں نے استاد کو انٹرویو دیتے دیکھا تھا اپنے ہزاروں شناساؤں کے ساتھ دوپہر ہی سے اس امید پر ٹی وی سے چپک گئے تھے کہ استاد کے انٹرویو کے ساتھ شاید ان کی بھی جھلک ٹی وی پر آجائے۔

دیکھتے ہی دیکھتے ۱۰۰ سے نیچے چلنے والی دھماکہ ٹی وی کی ٹی آر پی ۱۰ کے اندر آگئی۔

شام میں خبروں میں جھنگا پہلوان کا انٹرویو نیوز آئیٹم کی طور پر آیا۔

" فن پہلوانی جو ایک قدیم فن ہے وہ مر رہا ہے سرکار اس طرف کوئی توجہ نہیں دے رہی ہے۔ اس فن کے ماہر پہلوان بھوکے مر رہے ہیں۔ کسی زمانے میں رستم زماں اور ہند کیسری کے مقابلوں میں شریک ہوکر اپنا نام روشن کرنے والے جھنگا پہلوان آج بے بسی اور لاچاری بھری زندگی گزار رہے ہیں۔ اور اس فن کے مرے، فنا ہونے پر اپنے آنسو بہاتے ہوئے کہتے ہیں۔

اس کے بعد جھنگا پہلوان کا انٹرویو بتایا گیا۔

اور آخر میں سب خبریں پڑھنے والے کا پھر ایک جملہ۔۔۔

" تو اس طرح ملک میں ہزاروں، لاکھوں جھنگا پہلوان ایک فن کے ختم ہونے پر آنسو بہا رہے ہیں اور بے حس سرکار اس سلسلے میں کچھ نہیں کر رہی ہے۔"

اس خبر کو بار بار دکھایا گیا جس کی وجہ سے جھنگا پہلوان کا نام ہر گھر میں پہونچ گیا۔
جھنگا استاد خود کو ٹی وی پر دیکھ کر پھولے نہیں سمارہے تھے اور للو خوب شیخی بگھار رہا تھا۔

"ارے ٹی وی پر نیوز میں آنا، انٹرویو دینا معمولی بات ہے ٹی وی والے استاد کی قدر جانتے ہیں اس لیے ان سے انٹرویو لینے خود بخود پہونچ گئے۔"
"یہ بات تو ٹھیک ہے للو۔۔۔ مگر یہ بتاؤ استاد نے کب رستم زماں اور ہند کیسری مقابلوں میں حصہ لیا تھا؟"
جب لوگوں نے یہ سوال کیا تو للو گڑ بڑا گیا پھر بگڑ کر بولا "اس بات کو تم دو ٹکے کے لوگ کیا جانو۔ ٹی وی والے جانتے ہیں۔ ان کے پاس ہر بات کا ریکارڈ ہے تبھی تو انہوں نے اپنی خبر میں اس کا شامل کیا۔"
یہ سن کر سب لاجواب ہو گئے۔
اپوزیشن کے ایک لیڈر نے جب یہ خبر دیکھی تو وہ یہ دیکھ کر اچھل پڑا۔ "ارے واہ، ہماری پارٹی کے لیے تو یہ ایک موضوع مل گیا ہے۔ ہماری پارٹی کے مردہ جسم میں جان پڑ گئی ہے۔۔۔ فن پہلوانی مر رہا ہے۔ سرکار اس سلسلے میں بے حس ہے، اس کے خلاف ہم مورچہ نکالیں گے۔ دھرنا دیں گے۔ حکومت کے وزیروں کا گھیراؤ کریں گے۔"
فوراً اس نے ایک پریس کانفرنس طلب کی۔
"پہلوانی کا فن جو ہمارا قدیم فن ہے وہ ختم ہو رہا ہے اور سرکار ہے کہ اس کے بچاؤ کے لئے کچھ نہیں کر رہی ہے یہ شرم کی بات ہے ہم سرکار کی آنکھیں کھولنے کے لئے اور جھنگا پہلوان جیسے استادوں کو ان کا حق دلانے کے لئے کل مورچہ نکالیں گے، وروده دیوس، منائیں گے۔ دھرنا دیں گے اور حکومت کے وزیروں کا گھیراؤ کریں گے۔ اور

حکومت کی آنکھ کھول کر ہی رہیں گے۔"

کچھ دیر کے بعد ہی جھنگا استاد کی خبر کے ساتھ اپوزیشن لیڈر شانتا رام مانے کا انٹرویو بھی خبروں میں آنے لگا۔

مانے نے فوراً اپنی پارٹی کے ورکرس اور لیڈر کی ایک میٹنگ طلب کی اور دوسرے دن اس سلسلے میں مورچہ نکالنے، دھرنا دینے اور وزیروں کا گھیراؤ کرنے کا پلان بنایا۔

تمام لیڈر کئی دنوں سے بیکار تھے۔ ان کو کوئی کام نہیں ملا تھا۔ وہ خوش ہو گئے کافی دنوں بعد انہیں ایک زبردست کام ملا ہے جس سے ان کی شہرت میں اضافہ ہونے والا ہے۔

مانے کی پارٹی کے لوگ جھنگا پہلوان کو ڈھونڈھتے ڈھونڈتے تین بتی پہونچے اور بولے "ہماری پارٹی فن پہلوانی کے مرنے اور اس پر حکومت کی توجہ نہ دینے کے خلاف کل آزاد میدان میں ایک مورچہ نکال رہی ہے اس میں ہمارے تمام پارٹی لیڈر اور پارٹی ورکرس تو شریک ہوں گے ہم چاہتے ہیں آپ اس مورچے کی قیادت کریں۔ آپ اس مورچے کی قیادت کریں گے تو ہمیں بڑی خوشی ہو گی۔"

"میں مورچے کی قیادت کروں"، یہ سن کر جھنگا پہلوان گھبرا گئے، "لیکن میں نے تو آج تک کوئی اس طرح کا کام نہیں کیا ہے۔"

" نہیں کیا ہے تو کر ڈالیئے، لیکن پلیز نا نہ بولیے ہمارے سارے کئے کرائے پر پانی پھر جائے گا۔ سویرے ہماری پارٹی کی اے سی گاڑی آپ کو لینے پہونچ جائے گی۔"

جھنگا پہلوان نے حامی بھر دی۔

دھماکہ ٹی وی کے اس نیوز اسٹوری کی مقبولیت اور کامیابی کو دیکھتے ہوئے تمام اہم چینلوں نے اسے نیوز اسٹوری بنا دیا۔ اور تمام چینلوں کے نامہ نگار جھنگا پہلوان کا انٹرویو

لینے کے لئے ان کے گھر دوڑے اور رات بھر انہیں سونے نہیں دیا۔

ایک ٹی وی چینل کی ٹیم جاتی تو دوسری وارد ہوتی تھی۔

نہ صرف جھنگا پہلوان کے گھر میلہ لگا تھا بلکہ سارے محلے میں میلہ لگا تھا۔ ہر کوئی جھنگا پہلوان کی باتیں کر رہا تھا۔

"ارے جھنگا کو تو ہم ایک معمولی آدمی سمجھتے تھے لیکن وہ تو ملک گیر سطح کا آدمی نکلا۔
"

"آج تک شہر کے کسی آدمی کو جو شہرت عزت نصیب نہیں ہوئی وہ جھنگا کو نصیب ہوئی ہے۔"

ٹی وی چینل والے طرح طرح کے سوالات جھنگا پہلوان سے کرتے۔ جب پہلوان ان سوالوں کا جواب نہیں دے پاتا تو خود ہی انہیں بتاتے کہ اس بات کا وہ یہ جواب دے اور اسے ریکارڈ کر کے چلے جاتے۔

اس طرح ایک جواب ایک ٹی والے نے ریکارڈ کیا۔ اس نے جھنگا پہلوان سے کہا کہ وہ کہے کہ فن پہلوانی کے بچاؤ کے لئے اپوزیشن لیڈر شانتا رام رانے کی قیادت میں جو مورچہ نکل رہا ہے۔ اگر اس مورچے کے بعد بھی سرکار نے ان کی مانگیں نہیں مانی تو اس کے خلاف احتجاج کرتے ہوئے وہ اپنی جان دے دیں گے۔ آزاد میدان میں وہ خود کو زندہ جلا دیں گے۔

سیدھے سادھے جھنگا پہلوان نے جواب دے دیا۔

دوسرے دن صبح سات بجے کی نیوز میں استاد کے اس جواب پر اس ٹی وی چینل نے ایک زبردست نیوز اسٹوری بنائی تھی۔

" آج اپوزیشن لیڈر شانتا رام مانے کی قیادت میں فن پہلوانی کو بچانے کے لئے

حکومت کی آنکھیں کھولنے کے لئے جو مورچہ نکل رہا ہے اگر اس مورچے کے بعد بھی حکومت نے اس فن کو بچانے کے لئے ضروری اقدامات نہیں اٹھائے تو اس کے خلاف احتجاج مشہور و معروف پہلوان رستم زماں ہند کیسری، رستم ہند جیسے بڑے خطابات جیتنے والے جھنگا پہلوان اپنے آپ کو زندہ جلالیں گے۔ ہمارا چینل اس واقعہ کا لائیو ٹیلی کاسٹ کرے گا۔ دیکھنا نہ بھولیے، شام آزاد میدان سے لائیو۔"

فوراً تمام چینل نے اس خبر کو اہم خبر بنا کر بڑھا چڑھا کر پیش کر دیا۔

"جھنگا پہلوان آج اپنی جان دیں گے۔"

"حکومت کی پالیسی سے بیزار مایوس ایک پہلوان آج آزاد میدان میں خود کو زندہ جلا دیگا۔"

"جھنگا پہلوان کی موت شاید حکومت کی آنکھیں کھولے۔"

اس معاملے کو اتنی پبلسٹی ملی تھی کہ شانتارام نے تو ہوا میں اڑنے لگا۔ اس کی ساری پارٹی اس مورچے کے لئے آزاد میدان میں جمع ہو گئی۔ دیگر پارٹیوں نے جب دیکھا کہ اس سے کافی شہرت مل سکتی ہے تو وہ بھی اس میں کود پڑے۔

"جھنگا استاد کے مورچے کی ہماری بھی حمایت حاصل ہے۔ ہمارے ورکروں کی قیادت جھنگا پہلوان کریں گے۔"

اس کے بعد جھنگا پہلوان کے اغوا کیلئے پارٹیوں میں مقابلہ آرائی شروع ہو گئی۔ ہر پارٹی چاہتی تھی کہ جھنگا پہلوان ان کی پارٹی کے ساتھ مورچے میں شامل ہو۔ مگر کامیابی مانے کو ملی۔

اس کی پارٹی کے ورکرس کا ایک قافلہ کاروں میں آیا اور جھنگا پہلوان کا اغوا کر کے لے گیا۔

انہیں لے جا کر ایک فائیو اسٹار ہوٹل میں ٹھہرایا گیا۔

اور اسی فائیو اسٹار ہوٹل میں کانٹی نینٹل کھانوں کی بجائے خصوصی طور پر جھنگا پہلوان کے پسند کے کھانوں کو تیار کرنے کی ہدایت دی گئی۔

یعنی بکرا مسلم، بکرا بریانی، دودھ، بادام کا حلوہ وغیرہ وغیرہ کافی دنوں کے بعد جھنگا پہلوان نے سیر ہو کر اپنی پسند کی پہلوانی کے استاد گاما کے کھانے نصیب ہوئے تھے۔

دوپہر کو انہیں سجا سنوار کے ہوٹل سے باہر نکالا گیا تھا تو ٹی وی اخبار والوں نے انہیں گھیر لیا۔

"استاد جھنگا پہلوان کیا آپ سچ مچ جان دے دیں گے؟"

"کیا آپ کی جان دینے سے حکومت کی آنکھیں کھل جائیں گی؟"

"آپ نے ذہن میں فن پہلوانی کے فروغ کے لئے کیا کیا منصوبے بنائے ہیں۔"

پہلوان نے وہی کیا جو اسے کہا گیا تھا۔ سکھایا گیا تھا۔

"فن پہلوانی میری زندگی ہے میری روح ہے اس کے لئے میں جان دے سکتا ہوں۔ جان لے سکتا ہوں۔ آج حکومت اگر ہمارے مطالبوں کو نہیں مانتی ہے تو آزاد میدان میں شام پانچ بجے میں اپنے آپ کو زندہ جلا دوں گا۔"

مطالبے کیا ہیں جب پوچھا گیا تو جھنگا پہلوان نے ایک پمفلٹ ان کی طرف بڑھا دیا۔

راتوں رات مورچے کے بڑے بڑے پوسٹر چھاپ کر شہر کی سڑکوں پر لگا دیئے گئے تھے۔ بڑے بڑے ہورڈنگ آویزاں کر دیئے گئے تھے۔

"شانتا رام مانے، جھنگا پہلوان آگے بڑھو ہم تمہارے ساتھ ہیں۔"

بڑا زبردست مورچہ تھا۔ تمام پارٹیاں اس مورچے میں شریک تھیں۔ جس سے شرکاء کی تعداد لاکھوں تک پہونچ گئی تھی۔ جھنگا استاد کو ایک کھلی جیب میں کھڑا کر دیا گیا

تھا۔

سڑک کے دونوں طرف لوگ کھڑے ہو کر جھنگا پہلوان کو ہاتھ دکھا رہے تھے۔ جھنگا ہاتھ دکھا کر ان کا شکریہ ادا کر رہا تھا۔ سینکڑوں ٹی وی کے کیمرہ مین آس پاس دوڑ رہے تھے۔ کئی ٹی وی چینل اس مورچے کو لائیو دکھا رہے تھے۔ اور سب سے بڑے واقعہ کو دیکھنے کے لئے تو سارا ملک دل تھام کر بیٹھا تھا۔ جھنگا پہلوان کا خود کو زندہ جلانے کا واقعہ۔

ٹی وی چینل پر بار بار بتایا جا رہا تھا۔ شام کو جب یہ مورچہ آزاد میدان میں جائے گا تو حکومت کی بے بسی کے احتجاج میں فن پہلوانی کا ایک استاد جھنگا پہلوان خود کو زندہ جلا دیگا۔

مانگیں کچھ ایسی تھی کہ ایسا محسوس ہو رہا تھا کہ حکومت وہ مانگیں مان ہی نہیں سکتی۔ اور مانگیں پوری نہ ہونے پر جھنگا پہلوان کو خود کو زندہ جلانا ہی پڑے گا۔

اب تو انہیں بھی گھبراہٹ محسوس ہونے لگی تھی۔

"کیا انہیں خود کو زندہ جلانا پڑے گا؟ میں نہیں وہ مرنا نہیں چاہتے۔۔۔۔۔ انہیں اس مورچے، پہلوانی، سیاست سے کچھ نہیں لینا، جان ہے تو جہاں ہے، لیکن مانے انہیں سمجھاتا وہ گھبرائے نہیں مرنے کا ناٹک کرنا پڑے گا اور اسی ناٹک سے گھبرا کر حکومت جھک جائے گی مرنا کینسل ہو جائے گا۔ مگر حکومت ان کی مانگیں مانے گی اس پر جھنگا پہلوان کو شک ہو رہا تھا۔ مانگیں عجیب تھیں۔

ہر شہر میں کشتی کے اکھاڑے کھولے جائیں۔

اسکول میں پہلوانی کو ایک مضمون کے طور پر پڑھایا جائے۔

نوکریوں میں پہلوانوں کو ۲۰ فی صد ریزرویشن دیا جائے۔ پہلوانوں کو ماہانہ وظیفہ دیا جائے۔

پہلوانوں کے کھانے پینے کی اشیاء، دودھ، گوشت، بادام، کاجو، گھی، سرکاری راشن

دو کانوں سے رعایتی دروں پر دی جائے۔

مورچہ آزاد میدان پہنچ گیا۔

شانتا رام مانے اور دیگر لیڈران نے دھواں دھار تقریریں کیں اور حکومت کے نمائندوں سے سوال کیا کہ وہ ان کی مانگیں مانتے ہیں یا اگلا قدم اٹھایا جائے؟

حکومت کے نمائندوں کے کانوں پر جب جوں نہ رینگی تو اگلا قدم اٹھانا ضروری تھا۔ جھنگا پہلوان کی خود سوزی کا۔

مانے نے پہلوان سے کہا کہ وہ خود پر پٹرول چھڑک کر آگ لگالے۔

استاد کو پسینے چھوٹ گئے سامنے موت ناچتی دکھائی دینے لگی۔ انہوں نے انکار کیا تو مانے نے انہیں سمجھایا۔

"اس وقت آپ کو کروڑوں لوگ ٹی وی پر دیکھ رہے ہیں۔ ان کے دلوں میں آپ کی عزت بڑھ گئی ہے، آپ خود کو زندہ جلا کر کیا اس عزت کو ختم کرنا چاہتے ہیں۔ اپنی عزت کے لئے آپ کو زندہ جلنا ہی پڑے گا۔"

نعروں کے ساتھ استاد کو میدان کے وسط میں لایا گیا ان کے ہاتھوں میں پٹرول کا کین دے دیا گیا۔

استاد کی آنکھوں میں آنسو آ گئے وہ دہاڑیں مار مار کر رونے لگے۔ اپنے ہاتھوں سے موت کو گلے لگانے والے کم ہی ہوتے ہیں۔

"یہ ہے وہ جیالا جو اپنے حق کو منانے کے لیے آج موت کو گلے لگا رہا ہے۔" مانے چیخا اور پہلوان سے بولا، "پہلوان دنیا کو بتا دیجئے۔ آپ ہنستے ہنستے اپنی مانگیں منوانے کے لئے موت کو گلے لگا رہے ہیں اور خود پر پٹرول ڈال دیجئے۔"

استاد نے روتے روتے خود پر پٹرول ڈال دیا۔

چیف منسٹر جو ٹی وی پر یہ منظر دیکھ رہے تھے اس منظر کو دیکھ کر ان کا دل دھک سے رہ گیا۔ اگر یہ شخص مر گیا تو ان کی کرسی جاتی رہے گی۔ انہوں نے فوراً مانے کو موبائل لگایا۔

"میں چیف منسٹر بول رہا ہوں۔ جھنگا استاد کو مرنے سے روکو، کل اس معاملے پر بحث کرنے کے لئے میں ایک کمیٹی بناتا ہوں۔ اور وعدہ کرتا ہوں تمام جائز مطالبے پورے ہوں گے۔" سی ایم کا موبائل پا کر مانے خوشی سے اچھل پڑا۔

"ابھی ابھی مجھے سی ایم کا موبائل آیا ہے۔ انہوں نے کہا کہ ان کی مانگوں پر غور کرنے کے لیے وہ ایک کمیٹی بنائیں گے۔ جھنگا استاد جان نہ دیں اس لیے سی ایم کی درخواست کا لحاظ رکھتے ہوئے جھنگا پہلوان خود سوزی ملتوی کرتے ہیں۔"

یہ سنتے ہی جھنگا پہلوان کی جان میں جان آئی اور وہ اس لمحے کو کوسنے لگے جب ایک ٹی والے کو انہوں نے انٹرویو دیا تھا۔

--- * --- * --- * ---

جھنگا پہلوان ڈبلیو ڈبلیو ای کے رِنگ میں

جھنگا پہلوان ان دنوں ہندوستانی پہلوانوں کے ایک وفد کے ساتھ امریکہ کے دورے پر تھے۔

امریکہ میں انہیں کشتیاں نہیں لڑنی تھیں صرف اپنے گٹھیلی جسم کی نمائش کرنی تھی اور کبھی کبھی اپنے وفد میں شامل کسی پہلوان کے ساتھ دوستانہ ماحول میں کشتی لڑکر امریکی شائقین کو دکھانی تھی کہ کشتی کیا ہوتی ہے۔

حکومت امریکہ کی طرف سے حکومت ہند کو ایک درخواست آئی تھی کہ آپ کے یہاں جو کشتیاں ہوتی ہیں ان میں جو پہلوان حصہ لیتے ہیں ان کا ایک وفد امریکہ روانہ کیا جائے تاکہ امریکی عوام بھی ہندوستانی پہلوانوں کو اور فنی کشتی کو دیکھ سکے۔

وفد کو تشکیل دینے کا کام شروع ہوا تو متعلقہ وزارت کے کارکنان کے سر میں درد ہونے لگا۔ پہلے انہوں نے طے کیا تھا کہ وہ ملک کے نامی گرامی پہلوانوں کو اس وفد میں شامل کر کے امریکہ بھیجیں گے اور اس سلسلے میں انہوں نے ایک فہرست بھی بنالی تھی۔

لیکن ان کی فہرست دھری کی دھری رہ گئی۔

جیسے ہی یہ خبر سیاسی لیڈران کو معلوم ہوئی کہ پہلوانوں کے ایک وفد کے لیے امریکہ سے دعوت آئی ہے متعلقہ وزارت میں سفارشی خطوط کا انبار لگ گیا ہر وزیر، ہر لیڈر، ہر نیتا نے سفارش کی تھی کہ اس وفد میں اس کے علاقے کے یا اس کے شناسا اس پہلوان کو شامل کیا جائے۔

جھنگا پہلوان کے دوست اپوزیشن لیڈر شانتارام مانے اس میں کب پیچھے رہنے والے تھے۔ جھنگا پہلوان کا ان پر بہت بڑا احسان تھا۔ جھنگا پہلوان کی وجہ سے انہیں جو شہرت نصیب ہوئی تھی وہ شہرت اگر وہ ساری عمر لیڈری کرتے رہتے بھی تو شاید نصیب نہیں ہوتی۔

جھنگا پہلوان کے احسانوں کا بدلہ چکانے کا اس سے اچھا موقع اور کب ہاتھ آسکتا تھا۔ انہوں نے بھی وزارت میں اپنا خط روانہ کر دیا کہ پہلوانوں کے اس وفد میں جھنگا پہلوان کو بھی شامل کیا جائے۔

دیگر تمام لیڈران اور وزیروں کے خطوط اپنی جگہ پر مگر اپوزیشن لیڈر شانتارام مانے کے خط کی ایک الگ ہی اہمیت تھی۔

حکمراں جماعت کو محسوس ہوا کہ اگر شانتارام مانے نے بھی ایک پہلوان کی سفارش کی ہے فوراً اس پہلوان کا انتخاب کر لیا گیا اور جھنگا پہلوان اس وفد میں شامل ہو گئے۔

سب کو ڈر تھا کہ اگر مانے کے سفارش کہ وہ پہلوان کے وفد میں شامل نہیں کیا گیا تو پتہ نہیں وہ کیا کیا بکھیڑے کھڑے کرے اور حکومت کے ہر کام اور ہر معاملے میں ٹانگ اڑائے گا۔

غرض اس وفد میں سب اسی طرح کے پہلوان شامل تھے۔ کچھ تو صرف نام کے ہی تھے۔ اس طرح انہیں امریکہ کی سیر کا مفت میں موقع مل گیا تھا۔

ہر شہر میں دو دو چار چار دن کے قیام کے ساتھ وہ لوگ امریکہ کی سیر کر رہے تھے اور امریکن ہندوستانی پہلوانوں کو دیکھ رہے تھے۔

ان دنوں ان کا قیام نیویارک میں تھا۔

جھنگا پہلوان کو نیویارک میں اس لیے یاد تھا کہ اس شہر میں ڈبلیو ڈبلیو ایف جو اب ڈبلیو ڈبلیو ای بن گیا کے مقابلے ہوتے ہیں۔ اور وہ ان مقابلے کے بہت بڑے شوقین تھے۔ ان مقابلوں کے تمام پہلوانوں کے نہ صرف انہیں نام ازبر یاد تھے بلکہ وہ تمام پہلوانوں کے چہروں سے بھی بخوبی واقف تھے۔ اور کیوں نہ ہو وہ گھنٹوں ٹین اسپورٹس چینل پر دن میں کئی کئی بار ڈبلیو ڈبلیو ای کے مقابلے دیکھا کرتے تھے اور ان مقابلوں کے اسٹار، راک، اسٹون کولڈ، ٹرپل ایچ وغیرہ کے زبردست پرستار تھے۔

انہوں نے خواب دیکھا تھا کہ جب کبھی امریکہ جانے کا موقع ملے گا وہ ڈبلیو ڈبلیو ای کا رنگ دیکھنے ضرور جائیں گے۔ اور اپنے پسندیدہ اسٹار پہلوانوں کو قریب سے دیکھیں گے۔ اور جب وہ امریکہ پہونچ گئے تھے اور نیویارک میں تھے تو پھر بھلا وہ اپنی خواہش کی تکمیل کیوں نہ کرتے۔ انہوں نے ہوٹل کے ایک ویٹر سے اس مقام کا پتہ پوچھا جہاں ڈبلیو ڈبلیو ای کے مقابلے ہوتے تھے اور ٹیکسی پکڑ کر وہاں پہونچ گئے۔

انہوں نے ٹکٹ نکالا اور اسٹیڈیم کی طرف جانے لگے۔ اس وقت انہیں دو آدمیوں نے روک لیا اور غور سے ان کے جسم کو چاروں طرف گھوم گھوم کر دیکھنے لگے اور چھو چھو کر دیکھنے لگے۔ اس کے ساتھ ہی وہ آپس میں باتیں کرتے جا رہے تھے اور ان کا چہرہ خوشی سے دمکتا بھی جا رہا تھا۔ ماجرہ کیا ہے ان کی کچھ سمجھ میں نہیں آیا۔

آپس میں باتیں کرنے کے بعد وہ ان سے کچھ کہنے لگے۔ وہ لوگ انگریزی میں کچھ کہہ رہے تھے۔ اور ان کے کچھ بھی پلے نہیں پڑ رہا تھا کہ وہ کیا کہنا چاہتے ہیں۔ اچانک مسئلہ کا حل نکل آیا۔

ایک ہندوستانی وہاں سے گزرا تو دونوں نے اسے روک کر اس سے کچھ کہا۔ "ہیلو، آپ ہندوستانی ہیں؟" اس آدمی نے پوچھا۔

"ہاں۔ میرا نام جھنگا پہلوان ہے۔ میں ہندوستانی پہلوانوں کے وفد کے ساتھ امریکہ کے دورے پر آیا ہوں۔"

"اگر آپ پہلوان ہیں تو ان حضرات کا کام اور بھی آسان ہو گیا ہے۔"

"کیا مطلب میں کچھ سمجھا نہیں؟" پہلوان نے حیرت سے پوچھا۔

"آپ کو پتہ ہے آج ڈبلیو ڈبلیو ای کے رنگ میں چمپئن راک اپنے خطاب کا دفاع کر رہا ہے اور اس خطاب کا دفاع کرتے ہوئے وہ سات آٹھ نامی گرامی پہلوانوں سے لڑے گا۔"

"ہاں، مجھے معلوم ہے میں وہی دیکھنے کیلئے تو آیا ہوں"، پہلوان نے جواب دیا۔

"اگر آپ چاہیں تو آج آپ ڈبلیو ڈبلیو ای کے رنگ میں راک کے ساتھ کشتی بھی لڑ سکتے ہیں۔"

"کیا؟ راک کے ساتھ کشتی لڑ سکتا ہوں! یہ سنتے ہی پہلوان کا دل خوشی سے اچھل پڑا، بھلا وہ کس طرح؟"

"دیکھئے راک سے آج دوسرے نمبر ایک پہلوان کولڈ مائنز کو لڑنا ہے، لیکن سویرے سے اس نے شراب پی اور اس کا ایکسیڈنٹ ہو گیا ہے۔ وہ آج رنگ میں نہیں لڑ پائے گا، لوگ اس کے بہت پرستار ہیں۔ لوگ اسے دیکھنے کے لئے آئے ہیں اگر لوگوں کو پتہ چلا کہ کولڈ مائنز آج نہیں لڑ رہا ہے تو وہ ٹکٹ واپس کر دیں گے اور مقابلہ منعقد کرانے والوں کو بہت نقصان ہو گا۔ اس لیے یہ لوگ چاہتے ہیں کہ آج آپ رنگ میں کولڈ مائنز کی طور پر راک سے لڑیں؟"

"لیکن میں کس طرح کولڈ مائنز کی طور پر لڑ سکتا ہوں۔ مجھے سبھی پہچان لیں گے کہ میں کولڈ مائنز نہیں ہوں۔" پہلوان بولے۔

"یہی تو دلچسپ بات ہے"، یہ وہ آدمی بولا، "دراصل کولڈ مائنز ماسک لگا کر لڑتا ہے، وہ ڈیل ڈول میں بالکل آپ کی طرح ہے، اس وجہ سے کوئی بھی پہچان نہیں سکے گا کہ رنگ میں آپ ہیں یا کولڈ مائنز ہیں۔ آپ کو تھوڑی دیر راک کا مقابلہ کرنا ہے اور پھر اس سے شکست کھا جانا ہے۔"

پہلوان کے لئے تو رنگ میں اترنا اور راک سے مقابلہ کرنا ہی بہت بڑی بات تھی۔

وہ فوراً تیار ہو گئے۔

فوراً انہیں ڈریسنگ روم میں لے جا کر کولڈ مائنز کا ڈریس پہنایا گیا۔ جب ماسک لگا کر انہوں نے خود کو اور کولڈ مائنز کی تصویر کو دیکھا تو انہیں خود حیرت ہوئی سچ مچ کوئی بھی انہیں پہچان نہیں سکتا تھا۔ ادھر رنگ میں چمپئن راک کی دفاعی کشتی جاری تھی۔ دو تین لوگوں کو وہ ہرا چکا تھا۔

اب ان کی باری تھی۔

پروگرام منعقد کرانے والوں نے انہیں سمجھا دیا تھا کہ تھوڑی دیر لڑ کر انہیں راک سے ہار جانا ہے۔ اس کی انہیں بڑی رقم ملے گی۔ انہوں نے راک کو بھی بتا دیا تھا کہ کولڈ مائنز کے نام پر جو آدمی رنگ میں اترے گا وہ بالکل اناڑی ہے۔

اس کی زیادہ پٹائی نہ کرے۔ وہ خود جلد ہار جائے گا۔

آخر ان کی باری آئی اور انہوں نے اسٹیڈیم میں قدم رکھا۔ ان کے اسٹیڈیم میں قدم رکھتے ہی چاروں طرف سے لوگوں کا شور اٹھا۔ کولڈ مائنز، کولڈ مائنز۔

سامنے کے بڑے سے اسکرین پر کولڈ مائنز کی تصویریں اور فلم بتائی جانے لگی اور ان کے آس پاس آتش بازیاں چھوڑی جانے لگی۔

وہ ایک باوقار چال چلتے رنگ کے قریب پہونچے اور رنگ میں داخل ہوا۔

سامنے ان کا پسندیدہ اسٹار راک تھا۔ دل تو چاہا کہ وہ جا کر راک سے لپٹ جائے اور اسے بتائے کہ وہ اس کے کتنے بڑے پرستار ہیں۔ ان کے دل میں اس سے ملنے کی کتنی آرزو تھی۔ لیکن بھانڈا پھوٹ جانے کے ڈر سے وہ ایسا نہیں کر سکے۔ راک نے انہیں گھور کر دیکھا پھر ان پر ٹوٹ پڑا۔

وہ گھبرا گئے راک انہیں مار رہا تھا وہ اپنا دفاع کر رہے تھے۔ راک کی مار ایسی نہیں تھی کہ وہ اسے کھا بھی نہ سکتے تھے۔ معمولی مار تھی اس سے زیادہ مار تو کشتی کے اکھاڑے میں لگتی تھی۔ اس مار کو کھاتے ہوئے محسوس ہوا، ڈبلیو ڈبلیو ای کے رنگ میں جو کچھ ہوتا ہے فلمی اسٹائل کا ہوتا ہے۔

ایک بار راک نے انہیں اٹھا کر پٹک دیا۔

چاروں طرف سے شور اٹھ رہا تھا۔

راک کے پرستار اس کا حوصلہ بڑھ رہا تھا اور کولڈ مائنز کے پرستار ان کا۔

ان کے گرتے ہی راک کے پرستار خوشیاں منانے لگے۔ لیکن ان کے دوبارہ کھڑے ہوتے ہی راک کے پرستاروں کی امید پر پانی پھر گیا اور انکے پرستار پورے جوش و خروش کے ساتھ ان کا حوصلہ بڑھانے لگے۔

'کولڈ مائنز آگے بڑھو۔'

'کولڈ مائنز راک کو شکست دو۔'

'کولڈ مائنز آج تم چمپئن بنو گے۔'

اپنے لیے حوصلہ افزائی کا یہ شور سن کر وہ ایک نیا جوش ان کے اندر سرایت کر گیا۔

اور وہ پھر اچانک راک پر ٹوٹ پڑے۔

انہوں نے راک کے ساتھ ڈبلیو ڈبلیو اسٹائل کی فری اسٹائل نہیں لڑی بلکہ ہندوستانی

پہلوانوں کے انداز میں انہوں نے راک کو دبوچ لیا۔

راک اس انداز کی کشتی سے گھبرا گیا۔

انہوں نے راک کو کچھ اس انداز سے پکڑ رکھا تھا کہ ان سے کئی گنا زیادہ طاقتور بھاری بھرکم راک بھی ان کے سامنے بے بس ہو گیا۔ اس کے بعد انہوں نے راک کو جو دھوبی پچھاڑ ماری تو راک چاروں نالے چت ہر کر گر پڑا۔

سارا اسٹیڈیم تالیوں اور شور سے گونج اٹھا۔

ریفری گنتی گن رہا تھا۔ " تین چار "، گننے پر بھی جب راک نہیں اٹھا تو راک کے پرستاروں کی دلوں کی دھڑکنیں رکنے لگیں انہوں محسوس ہوا ان کا چمپئن آج شکست کھا گیا۔

لیکن راک کسی طرح اٹھ کھڑا ہوا اروہ جھنگا پہلوان پر ٹوٹ پڑا۔ اپنی شکست کا بدلہ لینے کے لئے راک نے ڈبلیو ڈبلیو ای کے ضوابط کو شاید بالئے طاق رکھ دیا تھا کیونکہ وہ پوری طاقت کے ساتھ جھنگا پہلوان پر حملے کر رہا تھا۔ راک کے فولادی مکے جب جھنگا پہلوان کے جسم پر پڑے تو انہیں اس جگہ سے جان نکلتی محسوس ہوتی۔

اس دوران ایک دوبار راک نے جھنگا پہلوان کو سر سے اوپر اٹھا کر پٹخ دیا۔ اس وقت جھنگا پہلوان کے دل میں آیا کہ راک کی مار سے بچنے کا واحد ذریعہ یہ ہے کہ وہ ریفری کے دس گننے تک نہ اٹھے۔

اس طرح وہ راک کی مار سے بھی بچ جائیں گے ان کا راک کو قریب سے دیکھنے کا خواب تو پورا ہو چکا تھا۔ اور کولڈ مائنز کی طور پر رنگ میں لڑنے کے انہیں الگ سے کئی ہزار ڈالر بھی ملنے والے تھے

لیکن وہ ہندوستانی پہلوان تھے جو مکہ مار کھانے کے بعد زخمی شیر بن جاتے ہیں۔ جھنگا

پہلوان بھی زخمی شیر بن گئے اور وہ اٹھ کر راک پر ٹوٹ پڑے۔ عجیب منظر تھا۔

راک جھنگا کے ساتھ ڈبلیو ڈبلیو ای کے انداز میں لڑ رہا تھا اور پہلوان اس پر ہندوستانی کشتی کے داو پیچ آزمارہے تھے۔ جو راک کے لیئے بالکل اجنبی تھے۔ جھنگا پہلوان تو آسانی سے راک کے حملوں کا بچاؤ کر رہے تھے لیکن ان کے ہندوستانی پہلوانی کے حربوں سے راک پریشان ہو گیا تھا۔ پہلوان کے راک پر دھوبی پچھاڑ سے مینڈھا ٹکر جیسے تمام داؤ آزما ڈالے۔ تماشائیوں کا جوش و خروش بڑھتا جارہا تھا۔

راک کے شیدائی راک کی حمایت میں چیخ رہے تھے تو کولڈ مائنز کے پرستار جھنگا پہلوان کی حمایت میں شور مچا کر ان کا حوصلہ بڑھا رہے تھے۔

اچانک ایسی بات ہوئی جس سے سارا اسٹیڈیم دنگ رہ گیا۔ پہلوان نے راک کو دھوبی پچھاڑ ماری۔ راک زمین پر گرا پہلوان اس کے سینے پر سوار ہو گئے۔ ریفری گنتی گننے لگا۔ ریفری کی گنتی پوری ہو گئی لیکن پہلوان نے راک کو اٹھنے کا موقع نہیں دیا۔

راک ہار گیا۔ ریفری نے جھنگا پہلوان کا ہاتھ پکڑ کر ان کی فتح کا اعلان کیا۔ اس کا کایا پلٹ سے وہ شور ہنگامہ اٹھا کہ سارا اسٹیڈیم میدان جنگ میں تبدیل ہو گیا۔ راک کے پرستار راک کے ہار جانے سے سکتے میں تھے اور کولڈ مائنز کے پرستار نے چیخ چیخ کر سارے اسٹیڈیم کو سر پر اٹھا رکھا تھا۔ سارا اسٹیڈیم ناچ رہا تھا۔

اپنی شکست پر اور چمپئن کا فائنل جانے پر راک چیلنجی انداز میں جھنگا پہلوان کو گالیاں دیتا ہوا اسٹیڈیم سے باہر گیا۔

" کولڈ مائنز، نے موجود چمپئن راک کو ہرا دیا۔ اب وہ راک سے جیتے اس خطاب کا دفاع کرتے ہوئے اسٹام کولڈ سے لڑیں گے۔ " مائیکروفون پر اعلان ہوا اور ایک شور مچا۔

نیا پہلوان اسٹام کولڈ رنگ میں اترا۔

پہلوان کو اندازہ ہو گیا تھا کہ اس وقت وہ رنگ کے چمپئن ہے اور انہیں اپنے خطاب کا دفاع کرنا ہے۔ ان کا حوصلہ بھی بلند تھا انہوں نے راک کو ہرا دیا تو اسٹام کولڈ کس کھیت کی مولی ہے۔

اسٹام کولڈ کچھ دیر پہلوان پر حاوی رہا۔ جھنگا پہلوان کو اسٹام کولڈ کی کافی مار کھانی پڑی۔ جس کہ وجہ سے اسٹام کولڈ کے حامیوں کا شور بڑھ گیا۔ لیکن پھر جھنگا پہلوان کو بھی غصہ آگیا۔ انہوں نے اسٹام کولڈ پر ہندوستانی داو آزمائے۔

اور اس کا بھی انجام وہی ہوا جو راک کا ہوا تھا۔

اسٹام کولڈ زمین پر گرا اور وہ اسے قینچی مار کر اس پر بیٹھ گئے۔

ریفری گنتی گنتا رہا۔ اسٹام کولڈ جھنگا پہلوان کی گرفت سے آزاد ہونے کے لئے اور اٹھ کر کھڑے ہونے کے لئے جھٹپٹا تا رہا۔ لیکن اسے کامیابی نہیں مل سکی۔

وہ ہار گیا اور ریفری نے ایک بار پھر جھنگا پہلوان کو فاتح قرار دیا۔

"کولڈ مائنر نے اسٹام کولڈ کو ہرا کر اپنے خطاب کا دفاع کیا ہے۔ اب وہ چمپئن شپ کی دوڑ میں آگے بڑھ رہے ہیں۔ ان کا اگلا مقابلہ مضبوط خطرناک ٹرپل اچ سے ہے اور اب ٹرپل اچ میدان میں آرہا ہے۔ ایک شور بلند ہوا۔

دہاڑتا ہوا ٹرپل اچ اسٹیڈیم میں آیا اور خونخوار نظروں سے جھنگا پہلوان کو دیکھتا رنگ میں اترا۔ پہلوان اس سے بھی اچھی طرح واقف تھے۔ ہزاروں بار انہوں نے ٹرپل اچ کو ٹی وی پر لڑتے دیکھا تھا۔ اب انہیں اسی ٹرپل اچ کے ساتھ لڑنا ہے۔

دل تو چاہا کہ وہ جان بچا کر رنگ سے بھاگ جائے۔ یا آگے کی مصیبتوں سے بچنے کے لئے ٹرپل اچ کے ہاتھوں اپنی شکست تسلیم کر لیں۔

لیکن وہ دیکھنا چاہتے تھے کہ ان میں کتنا دم ہے۔ اب تک راک اور اسٹام کولڈ کو

پچھاڑنے کے بعد ان کا حوصلہ کافی بلند ہو گیا تھا۔

ٹرپل ایچ ان پر ٹوٹا تو پہلے انہوں نے اس کے حملوں کا دفاع کیا۔ حملوں کی وجہ سے ٹرپل ایچ جلد تھک گیا۔ موقع دیکھ کر جھنگا پہلوان نے اس پر حملہ کیا اور وہ بھی ہندوستانی انداز میں۔

ٹرپل ایچ ڈبلیو ڈبلیو ای کے اسٹائل کے حملوں کا عادی تھی ہندوستانی حملے اس کے لیے بالکل نئے تھے۔ اس لیے وہ ان حملوں سے بوکھلا گیا۔ اس کی سمجھ میں نہیں آیا وہ کس طرح جوابی حملہ کرے یا پھر ان حملوں سے اپنا دفاع کرے۔

تھوڑی دیر میں اس کا انجام بھی وہی ہوا جو اس سے قبل کے دو پہلوانوں کا ہو چکا تھا۔ جھنگا پہلوان نے ہندوستانی داؤ پیچ آزما کر ٹرپل ایچ کو بھی پست کر دیا ادھر اسٹیڈیم میں کہرام مچا ہوا تھا۔

ایک معمولی پہلوان کے ہاتھوں بڑے بڑے سپر اسٹار ہار رہے تھے۔ جواء شدت پکڑ چکا تھا۔ نئے پہلوان اور جھنگا پہلوان پر بڑھ چڑھ کر جوا اور داؤ لگایا جا رہا تھا۔

بلکہ کولڈ مائنر کے چمپئن بننے پر تو کروڑوں کا جوا لگ گیا تھا۔ اگر کولڈ مائنر یہ چمپئن شپ جیت جاتا تو اسے بھی اس جیت میں حصہ ملنے والا تھا۔ لیکن جھنگا کو اس سے کیا لینا دینا تھا۔ وہاں اسے کون پہچانتا تھا اس وقت تو وہ کولڈ مائنر کی طور پر لڑ رہا تھا۔ اگلا مقابلہ خطرناک انڈر ٹیکر سے تھا۔ جھنگا استاد ان کو پہلوانوں کے ساتھ لڑنے سے زیادہ مزہ ان کو دیکھنے میں آ رہا تھا۔ ابھی تک وہ ان تمام سپر اسٹاروں کو ٹی وی کے پردے پر دیکھتے آئے تھے۔ آج وہ تمام سپر اسٹار ان کے روبرو تھے۔

ان کے چہروں جسم کو نہ صرف وہ قریب سے دیکھ رہے تھے بلکہ ان کے ساتھ لڑ کے ان کی قوت کا اندازہ بھی انہیں ہو رہا تھا۔ تقدیر ان کا ساتھ دے رہی تھی۔

خطرناک انڈر ٹیکر کے ساتھ بھی شاید تقدیر ان کا ساتھ دے۔ یہ سوچ کر وہ تیار ہو گئے۔ انڈر ٹیکر ان پر ٹوٹ پڑا۔ اور دو منٹ میں اس نے جھنگا پہلوان کے جسم کے انجر پنجر ڈھیلے کر دیئے۔ انہیں لگا کہ انڈر ٹیکر کی مار سے بچنے کا واحد راستہ یہی ہے کہ اپنی شکست تسلیم کرلی جائے۔ لیکن وہ آخری کوشش پر یقین رکھتے تھے۔ دل ہی دل میں 'یا علی کر مدد' کا نعرہ لگا کر انہوں نے انڈر ٹیکر پر جوابی حملہ کیا اور انڈر ٹیکر بھی ہندوستانی داؤ پیچ کی تاب نہ لا کر چت ہو گیا۔ انڈر ٹیکر کے بعد تو راہ آسان ہو گئی تھی۔

اس کے بعد کئی سپر اسٹار آئے، بگ شو، یوکوزونا، شان مائیکل وغیرہ۔ سب سے جھنگا پہلوان سے ٹکرائے۔ اور انہیں فتح حاصل ہوئی۔

آخری پہلوان سے لڑنے کے بعد وہ چمپئن قرار دے دیئے گئے۔

ان کے منیجر نے انہیں کاندھے پر اٹھالیا۔ وہ لوگوں سے انہیں بچانا چاہتے تھے۔ اگر کسی نے جوش میں ان کے چہرے کا نقاب اتار لیا تو سارا پول کھل جائے گا۔ ساری محنت جھنگا پہلوان نے کی تھی۔ لیکن انعام اور نام کولڈ مائنز کو ملا۔

لیکن اس کے باوجود بھی جھنگا پہلوان خوش تھے۔

ان کو ڈبلیو ڈبلیو ای کے رنگ میں اترنے کا موقع تو ملا۔

---*---*---*---

جھنگا پہلوان بُرے پھنسے

جھنگا پہلوان اپنے دوست للو کے ساتھ اس لیے اس نئے شہر میں آئے تھے۔ مقصد اسی شہر سے ایک دو چیزیں خریدنی تھی اور سیر و تفریح بھی کرنی تھی۔ جو سامان خریدی کرنا تھا وہ تو خریدی کر چکے تھے اب صرف سیر و تفریح رہ گئی تھی۔ وہ ایک برگد کے درخت کے نیچے بنے بڑے سے چبوترے پر بیٹھے سستا رہے تھے۔

سامنے سڑک تھی جس پر گاڑیاں آجا رہی تھیں۔ کہیں دور پر اسکول تھی اسکول کی چھٹی ہوئی تھی۔ اس لیے اسکول کے بچے بھی اس سڑک سے گزرتے دکھائی دے رہے تھے۔ اچانک پانچ چھ بچوں کا ایک غول آیا اور جس جگہ جھنگا پہلوان بیٹھے تھے اس جگہ سے گزرے تھا۔

جب ان کی نظر جھنگا پہلوان جھنگا پہلوان پر پڑی تو وہ رک گئے اور آپس میں ایک دوسرے سے کانا پھوسی کے انداز میں بات چیت کرنے لگے۔

'سمیر دیکھو کتنا موٹا آدمی ہے۔'

'موٹا آدمی نہیں پہلوان معلوم ہوتا ہے۔'

"یہ پہلوان کیا ہوتے ہیں؟"

"ارے ٹی وی پر جو ڈبلیو ڈبلیو ای آتا ہے نا اس میں جو اس ریلنگ میں حصہ لیتے ہیں وہی پہلوان ہوتے ہیں۔"

"اگر یہ پہلوان ہے تو ان کی طاقت بھی بہت ہوگی۔"

"اتنی کہ اپنے دونوں ہاتھوں سے چلتی ہوئی کار کو روک سکتے ہیں یا کسی کار کو ایک جگہ سے دوسری جگہ اٹھا کر رکھ سکتے ہیں۔"

جھنگا پہلوان بچوں کی گفتگو سن رہے تھے۔ انہیں بچوں سے بہت پیار تھا جہاں چھوٹے بچے مل جاتے تھے وہ ان کے ساتھ کھیلنے نکل جاتے تھے۔

اپنے بارے میں بچوں کی باتیں سن کر انہیں بچوں پر پیار آگیا۔

"کیا بات ہے بچو، کیا باتیں کر رہے ہو؟ میرے پاس آؤ۔ ڈرو نہیں مجھے اپنا دوست ہی سمجھو۔۔۔" جھنگا پہلوان نے بچوں کو پیار سے آواز دی۔

بچے ان کے پاس آئے اور ان سے طرح طرح کے سوالات کرنے لگے۔

"انکل آپ کا نام کیا ہے؟"

"میرا نام تو انصاری عبدالعزیز ہے لیکن لوگ مجھے جھنگا پہلوان کے نام سے جانتے ہیں۔"

"انکل کیا آپ پہلوانی کرتے ہیں؟"

"ہاں کرتا ہوں۔"

"انکل آپ کو تو بہت طاقت ہوگی، آپ اس کار کو آسانی سے اٹھا سکتے ہیں۔؟"

"ہاں مجھے بہت طاقت ہے۔ میں اس کار کو آسانی سے اٹھا سکتا ہوں؟"

جھنگا پہلوان نے جواب دیا۔

"تو انکل اپنے ہاتھوں سے وہ سامنے کھڑی کار اٹھا کر بتایئے نا۔۔۔ ایک بچے نے فرمائش کی تو جھنگا پہلوان اس بچے کی فرمائش پوری کرنے کے لئے تیار ہوگئے۔ وہ بچوں کی فرمائشیں پوری کر کے انہیں خوش کر کے ان سے دوستی کرنا چاہتے تھے۔ کیونکہ انہیں بچے بہت پسند تھے۔

"آؤ"، کہئے سب بچوں کو لیکر وہ اس کار کے پاس آئے۔ کار کا مالک کار پارک کر کے کہیں گیا ہوا تھا۔

"اب دیکھو میری طاقت کا کمال۔ میں اس کار کو اپنی طاقت کے بل پر اپنے ہاتھوں سے اکیلا اٹھا کر بتا سکتا ہوں۔ جبکہ یہ کار اتنی وزنی ہے دس آدمی بھی مل کر اسے نہیں اٹھا سکتے۔"

کار کافی وزنی تھی۔ اسے اٹھانے میں پہلوان کو پسینہ آگیا۔ لیکن عزت کا سوال تھا۔ اگر کار نہیں اٹھائے تو بچوں کے سامنے بے عزت ہو جاتے۔ اس لیے پوری طاقت لگا کر کار اٹھانے کی کوشش کی۔ کار اٹھ گئی گن تو بچوں نے خوشی سے تالیاں بجائی۔

لیکن جیسے ہی کار نیچے رکھنے کی کوشش کی وہ حصہ جس کو پکڑ کر انہوں نے کار اٹھائی تھی وہ فائبر کا بنا تھا۔ ٹوٹ کر ان کے دونوں ہاتھوں میں آگیا۔ وہ گھبرا گئے اگر کار مالک نے دیکھ لیا تو اپنے اس نقصان کی بھرپائی ان سے وصول کرے گا۔

"آؤ بچو میں تمہیں ٹافی دلاتا ہوں"، کہہ کر وہ بچوں کو لیکر وہاں سے کھسک گئے۔ اور سامنے کی ایک دوکان میں بچوں کو ٹافیاں دلانے لگے۔ جو بچہ جس چیز کی فرمائش کرتا پہلوان اسے وہ چیز دلاتے۔ یہ دیکھ کر بچے بڑھ چڑھ کر فرمائش کر رہے تھے اور پہلوان کی جیب خالی ہو رہی تھی۔ للو کہیں گیا تھا۔ اپنی جگہ پر پہلوان کو نا پا کر گھبرا گیا۔ پھر انہیں ڈھونڈھتا ہوا وہاں پہونچ گیا۔

"ارے، استاد۔ آپ یہاں ہیں میں آپ کو کہاں کہاں ڈھونڈھتا رہا تھا۔ یہ بچے کون ہیں؟"

"یہ میرے نئے دوست ہیں۔" پہلوان نے جواب دیا۔

" اجنبی شہر میں اجنبی بچوں سے دوستی اچھی بات نہیں ہے۔ استاد کوئی مصیبت نہ پڑ جائے۔ "للو نے انہیں ٹوکا۔

" تو تو ہمیشہ بے پر کی ہانکتا رہتا ہے۔۔۔ اچھا بچو! میں نے تمہیں ٹافیاں کھلائی اب تم مجھے کیا کھلاؤ گے۔ " پہلوان نے پوچھا۔

" انکل ہم نے آج ٹفن نہیں کھایا ہے ہم آپ کو آج اپنا ٹفن کھلائیں گے "، ثانیہ بولی۔

" ہاں انکل میرا ابھی ٹفن بچا ہے۔ " اسلم بولا۔

" ٹھیک ہے۔ ہم اس گارڈن میں جا کر ٹفن کھاتے ہیں۔ " استاد نے کہا اور انہیں لیکر سامنے والے گارڈن میں آنے۔

اس گارڈن میں ایک درخت کے نیچے بیٹھ کر سب نے ٹفن کھایا۔

" واہ، کتنا اچھا باغ ہے۔ ہم اب اس باغ میں مل کر کھیلتے ہیں۔ " پہلوان نے بچوں سے کہا تو بچے بولے۔

" انکل ہمارے شہر میں اس سے بھی اچھا ایک گارڈن ہے۔ وہ تھوڑا دور ہے وہاں کھیلنے کے لئے بے شمار چیزیں ہیں۔ "

بچوں کی بات سن کر پہلوان نے سوچا۔ اس گارڈن کو تو انہوں نے بھی ابھی تک نہیں دیکھا ہے۔ چلو گارڈن دیکھ لیتے ہیں گارڈن کی سیر بھی ہو جائے گی اور بچوں کا دل بھی نہیں جائے گا۔

" چلو ہم اس گارڈن میں جاتے ہیں۔ " پہلوان نے کہا تو سب بچے خوش ہو گئے۔

" چلو چلتے ہیں "، پانچوں بچے خوشی سے بولے۔

اور سب پیدل گارڈن کی طرف چل پڑے۔

راستے میں بچے اپنے شہر کی ہر چیز کو بتاتے۔ اور اس کے بارے میں جو بھی معلومات ہے وہ پہلوان کو دیتے۔

ایک گھنٹہ چلنے کے بعد وہ اس گارڈن میں پہونچ گئے۔

ایک گھنٹہ پیدل چلنے کی وجہ سے پہلوان تو کافی تھک گئے تھے۔ مگر بچوں میں وہی چستی پھرتی اور جوش تھا۔ پہلوان اور للو گارڈن میں ایک بینچ پر بیٹھ گئے اور بچے گارڈن میں بنے۔ مختلف قسم کے جھولوں پر کھیلنے لگے۔ بچے کھیل میں کچھ اس طرح مگن ہوئے کہ وقت گزرنے کا پتہ نہیں چل سکا۔ جھنگا پہلوان اور للو بھی تھک چکے تھے۔ اس لیے ایک جھپکی لگ گئی۔ آنکھ اس وقت کھلی جب شور مچاتے ہوئے بچے واپس آئے۔۔۔۔

"ارے۔۔۔ میں سو گیا تھا۔" پہلوان نے آنکھیں ملتے ہوئے کہا۔

"انکل ہمیں چیز دلائیے نا۔۔" ثانیہ نے کہا تو پہلوان ان کا دل خوش سے پھول گیا۔

ثانیہ نے اتنے پیار سے چیز کی فرمائش کی تھی جیسے ان کا کوئی بچہ فرمائش کر رہا ہو۔

"ابھی لو بیٹا۔"

کہئے وہ چیز دلانے کے لئے گارڈن سے باہر آئے۔

باہر ایک دوکان سے ایک بار پھر بچوں کو اپنی پسند کی چیزیں دلائیں اس بار بچوں نے دل کھول کر فرمائش کیں کیونکہ پہلی بار وہ جھجھک رہے تھے۔ اب وہ پہلوان سے مانوس ہو گئے تھے اور انہیں اپنا سمجھ رہے تھے۔ چیز لینے کے بعد انہوں نے پہلوان سے کہا۔

"انکل ہمارے شہر میں ایک بہت اچھا میوزیم ہے۔ کیا آپ نے وہ دیکھا ہے؟"

"نہیں، میں پہلی بار آپ لوگوں کے شہر آیا ہوں۔" پہلوان نے جواب دیا۔ "تو چلیئے نا۔۔ ہم آج میوزیم بھی دیکھتے ہیں۔ آپ بھی اس بہانے میوزیم دیکھ لیں گے۔" بچوں نے فرمائش کی۔

"ٹھیک ہے، چلو۔" کہتے پہلوان اور للو پھر بچوں کے ساتھ چل دیئے۔

للو کو پہلوان کا اس طرح بچوں کے ساتھ سیر و تفریح کرنا پسند نہیں آ رہا تھا۔ اس نے ایک دو بار انہیں ٹوکا بھی لیکن پہلوان نے ہمیشہ کی طرح اسے ڈانٹ کر خاموش کر دیا۔

بچوں کے اسکول کی چھٹی ۱۲ بجے ہو جاتی تھی اور وہ ساڑھے بارہ بجے تک گھر پہونچ جاتے تھے۔ اس دن ایک بجے تک بھی جب وہ گھر نہیں پہنچے تو بچوں کے گھر والے گھبرا گئے۔ سوچا اسکول میں کوئی پروگرام ہو گا جس کی وجہ سے بچوں کو اسکول سے آنے میں دیر ہو رہی ہے۔ اس بات کا پتہ لگانے کے لئے انہوں نے اسکول میں فون کیا تو اسکول سے جواب دیا اسکول میں کوئی پروگرام نہیں ہے۔ اسکول کی وقت پر چھٹی ہو گئی ہے اور اس وقت کوئی بچہ اسکول میں نہیں ہے۔

یہ سن کر بچوں کے گھر والے اور گھبرا گئے۔

اتنی دیر بچے کہاں رہ گئے؟ ان کے ساتھ کوئی حادثہ تو پیش نہیں آیا۔ ان دنوں شہر میں بچوں کے اغوا کے واقعات بھی بہت ہو رہے تھے۔

کئی بچے اغوا کئے گئے۔ اور ان کی رہائی کے لئے موٹی رقمیں مانگی گئیں۔ کچھ ماں باپ نے اغوا کرنے والوں کا مطالبہ پورا کر کے اپنے بچوں کو آزاد کرایا تو کچھ کو پولس نے اغوا کنندگان کے چنگل سے آزاد کرایا۔ وہ بچے اور ان کے ماں باپ خوش نصیب تھے جن کے بچے ان کے پاس پہونچ گئے۔ لیکن کئی بچوں کا تو بالکل پتہ نہیں چل سکا۔ ان کا کیا ہوا۔ وہ کہاں گئے۔۔۔؟

یہ واقعات تازہ تازہ ہی تھے۔

کہیں ان کے بچوں کے ساتھ بھی ایسا ہی نہ ہوا ہو۔ بد معاشوں نے ان کا اغوا کر لیا

ہے اور اب وہ بچوں کی رہائی کے لیے موٹی رقموں کا مطالبہ کریں گے۔

یہ سوچ کر بچوں کے ماں باپ اور زیادہ گھبرا گئے اور انہوں نے اور زیادہ زور شور سے بچوں کی تلاش شروع کر دی۔

بچوں کے تمام رشتہ دار، محلے والے، بچوں کی تلاش میں نکل پڑے۔

ہر ممکنہ مقام پر، رشتہ داروں کے گھر جہاں بچے مل سکتے تھے۔ بچوں کو تلاش کیا گیا لیکن جب وہاں بچے نہیں ملے تو ان کی امید ٹوٹنے لگی اور آنکھوں کے سامنے اندھیرا چھانے لگا۔

اور مجبوراً انہوں نے پولس میں رپورٹ درج کر دی۔

اسلم کے والد کو کسی نے بتایا تھا۔

"اسلم اور کچھ بچے ایک موٹے اور ایک دبلے آدمی کے ساتھ نذرانہ کے پاس سے گزر رہے تھے۔"

انہوں نے پولس اسٹیشن میں وہ بھی لکھ دیا۔

پولس نے ایک موٹے آدمی اور دبلے آدمی کے نام اغوا کرنے کا کیس درج کر کے بچوں کی تلاش شروع کر دی۔

سارے شہر میں کہرام مچ گیا تھا کہ اسکول سے پانچ بچے اغوا کر لیے گئے ہیں۔ وہ اسکول سے گھر نہیں پہونچے۔

اور ادھر جھنگا پہلوان، للو اور بچے اپنے میں مست میوزیم کی سیر کر رہے تھے۔

انہوں نے خواب و خیال میں بھی نہیں سوچا تھا کہ ان کی وجہ سے اتنا زبردست ہنگامہ ہو چکا ہے۔ اور کہرام مچ گیا ہے۔ جھنگا پہلوان جیسے موٹے دماغ کا آدمی تو یہ سوچ بھی نہیں سکتا تھا کہ بچے اگر وقت پر اسکول سے گھر نہیں پہونچے تو گھر والوں پر کیا بیتے گی اور

کیا ہنگامہ کھڑا ہو گا۔

وہ تو خوش تھے۔ اس لیے کہ بچے ان کے ساتھ خوشی تھے۔ بچے اس لیے خوش تھے کہ انہیں اتنے اچھے انکل ملے ہیں جو انہیں ٹافیاں کھلا رہے ہیں، چیز دلا رہے ہیں اور شہر کی سیر بھی کرا رہے ہیں۔

وہ بھی بالکل اس بارے میں نہیں سوچ رہے تھے کہ ان کے اسکول سے وقت پر گھر نہ پہونچنے کی وجہ سے ان کے گھر والے پریشان ہوں گے۔ اور سارے شہر میں انہیں ڈھونڈھ رہے ہوں گے۔

بات بات پر پہلوان کی باتوں پر احتجاج کرنے والا للو بھی پتہ نہیں اس وقت کس مصلحت کے تحت خاموش تھا۔ اس کے چھوٹے دماغ میں بھی یہ باتیں نہیں آئیں کہ ایسا بھی ہو سکتا ہے۔

میوزیم سے نکلے تو شام ہو گئی تھی۔

بچوں نے ایک بار پھر جھنگا پہلوان سے بھیل پوری کھلانے کی فرمائش کی۔

جھنگا پہلوان تیار ہو گئے۔

سامنے ہی بھیل پوری کی گاڑیاں لگی تھیں ایک گاڑی پر پہونچ کر جھنگا پہلوان نے بھیل پوری کا آرڈر دیا۔

اس وقت ایک سپاہی وہاں سے گزرا۔ اس نے بچوں کو اپنے بستے کے ساتھ اس جگہ دیکھا تو اس کا ماتھا ٹھنکا۔ بچوں کے ڈریس سے اس نے پتہ لگالیا تھا کہ یہ کون سی اسکول کے بچے ہیں۔ اس کی تو ۱۲ بجے چھٹی ہو جاتی ہے۔ پھر یہ بچے بستوں کے ساتھ ٦ بجے تک کہاں بھٹک رہے ہیں۔

"اے بچوں۔۔۔ تم ابھی تک گھر نہیں گئے، تمہاری تو ۱۲ بجے چھٹی ہو جاتی ہے۔"

اس نے بچوں سے پوچھا۔

"ہم ہمارے انکل کے ساتھ میوزیم دیکھنے آئے ہیں۔" ثانیہ نے جھنگا پہلوان کی طرف اشارہ کیا تو کانسٹبل نے ایک اجنبی نگاہ جھنگا پہلوان اور للو پر ڈالی اور وہ آگے بڑھ گیا۔

شام میں پولس اسٹیشن میں حاضری لگانے کے لئے پولس اسٹیشن آیا تو اسے پتہ چلا کہ اسکول سے پانچ بچے اغوا ہو گئے ہیں اور ساری پولس فورس انہیں ڈھونڈنے میں پریشان ہے۔

"ارے مگر میں نے تو ابھی ان بچوں کو میوزیم کے پاس دیکھا تھا۔ ان کے ساتھ ان کے اغواکار بھی تھے۔"

"چلو وہاں تلاش کرتے ہیں۔ اور اغوا کرنے والوں کو پکڑتے ہیں۔" سپاہیوں نے کہا اور جلدی سے جیپ میں بیٹھے اور جیب میوزیم کی طرف چل دی۔ انہیں بچے اور جھنگا پہلوان میوزیم کے پاس نہیں مل سکے۔ کیونکہ وہ وہاں سے جا چکے تھے۔

ان کو تلاش کرتے وہ اسی سڑک پر آگے بڑھے تو انہیں وہ سب ایک جگہ دکھائی دیئے۔ بچے ایک غبارے والے سے غبارے لے رہے تھے اور جھنگا پہلوان ان بچوں کے غباروں کے پیسے غبارے والے کو دے رہے تھے۔

سپاہیوں نے فوراً جھنگا پہلوان اور للو کو دبوچ لیا اور انہیں ہتھکڑیاں پہنا دی اور بچوں کو جیب میں بٹھا کر پولس اسٹیشن لے آئے۔

"تو تم ہو اس گینگ کے سرغنہ جو کئی مہینوں سے شہر میں بچوں کے اغوا کر رہا تھا اور بچوں کے بدلے میں ان کے ماں باپ سے موٹی رقم وصول کر رہا ہے۔"

"اغوا، سرغنہ، مائی باپ میں سمجھا نہیں۔۔۔۔"۔ جھنگا پہلوان گھبرا گئے۔

"کیا تم نے ان پانچ بچوں کا اغوا نہیں کیا تھا؟" انسپکٹر نے غرا کر جھنگا پہلوان سے پوچھا۔

'اغوا، سرکار آپ ان بچوں سے پوچھ لیجئے یہ اپنی مرضی سے میرے ساتھ آئے تھے۔' جھنگا نے رونی صورت بنا کر کہا۔

"یہ اغوا کرنے والوں کی چال ہوتی ہے۔" انسپکٹر بولا:" وہ بچوں کو بہلا پھسلا کر لالچ دیکر اپنے بس میں کر لیتے ہیں اس کے بعد اپنا کام کرتے ہیں۔"

"لیکن صاحب میں کوئی سرغنہ نہیں ہوں۔ میں ایک سیدھا سادہ آدمی ہوں، بھیونڈی شہر کا بچہ بچہ مجھے جانتا ہے۔ میں کچھ ضروری سامان خریدنے اور تفریح کرنے کے لئے پہلی بار اس شہر میں آیا ہوں۔" جھنگا پہلوان نے ساری باتیں صاف کر دیں۔

"ہر مجرم یہی کہتا ہے۔ رات بھر حوالات میں گزرے گی اور تھرڈ ڈگری سے گزرو گے تو اپنے گناہوں کا خود اعتراف کر لو گے کہ اب تک تم نے کیا کیا گناہ کئے ہیں۔ اور ان بچوں کو اغوا کرنے کے پیچھے کیا مقصد تھا۔"

بچے لاکھ کہہ رہے ہیں کہ ہم کو اغوا نہیں کیا گیا ہے ہم اپنی مرضی سے ان انکل کے ساتھ شہر میں گھوم رہے تھے، لیکن پولس جھنگا پہلوان اور للو کو بے قصور ماننے کو تیار نہیں تھی۔

بلکہ اب تک جتنی اغوا کی وارداتیں ہوئی اور جتنے بچے غائب ہوئے تمام جرموں کو جھنگا پہلوان کے سر منڈھنے کی تیاری میں تھی۔

بچوں کے ماں باپ بھی آگئے تھے۔ انہوں نے بچوں سے باتیں کی اور انسپکٹر کو سمجھایا۔

"انسپکٹر صاحب، ہمارے بچوں نے ہمیں بتایا۔ اس شخص نے ان کا اغوا نہیں کیا تھا

وہ اپنی مرضی سے اس کے ساتھ گئے تھے۔ اسے چھوڑ دیا جائے یہ اور اس کا ساتھی بہت شریف آدمی ہے۔"

لیکن انسپکٹر نے صاف کہہ دیا کہ وہ جھنگا پہلوان اور للو کو نہیں چھوڑیں گے۔

بچوں کو اغوا کرنے والوں کے یہ حربے ہوتے ہیں وہ بچوں کو بہلا پھسلا کر اپنی طرف راغب کر لیتے ہیں کہ بچے انہیں اغوا کرنے والے سمجھتے ہی نہیں۔ ماں باپ تو اپنے بچے لیکر چلے گئے۔

جھنگا پہلوان اور للو کو حوالات میں ڈال دیا گیا۔

رات میں ان کی پٹائی کر کے ان سے پوچھا جانے والا تھا انہوں نے اور کون کون سے گناہ کئے ہیں۔

وہ بڑی مصیبت میں پھنس گئے تھے۔

للو کو پہلوان پر غصہ ہو رہا تھا۔

"دیکھا بچوں کا پیار، پھنسا دیا نہ مصیبت میں۔"

اس شہر میں ان کا کوئی بھی جان پہچان والا نہیں تھا جو ان کی بے گناہی کی گواہی دے۔ بڑی مشکل سے انسپکٹر نے انہیں ایک فون کرنے کا موقع دیا۔ انہوں نے بھیونڈی فون کر کے اپنے ایک دوست کو سارے معاملے سے آگاہ کیا۔ اس دوست نے جھنگا پہلوان کے دوست اور اپوزیشن لیڈر شانتا رام مانے کو فون کر کے سارا معاملہ بتا دیا۔

"اچھا اس انسپکٹر کی یہ مجال اس نے جھنگا پہلوان کو حوالات میں ڈال دیا۔ ابھی اسے مزہ چکھاتا ہوں اس کا ٹرانسفر ایسی جگہ کروں گا۔ زندگی بھر سر پیٹتا رہے گا۔"

تھوڑی دیر بعد پولس اسٹیشن میں شانتا رام مانے کا فون آیا۔

"انسپکٹر۔۔ تمہارا دماغ خراب ہو گیا ہے۔ سیدھے سادھے شریف لوگوں پر اپنی

وردی کا دھونس جماتے ہو۔ جھنگا پہلوان میرا دوست ہے اور سیدھا سادھا آدمی ہے بچوں کا اغوا کرنے والا نہیں ہے اسے فوراً چھوڑ دو۔ ورنہ تمہارا ٹرانسفر ایسی جگہ کروں گا کہ اپنے بال بچوں کی صورت دیکھنے کو ترس جاؤ گے۔۔۔"

شانتا رام مانے کی دھمکی سن کر انسپکٹر کانپ گیا۔

اس نے فوراً جھنگا پہلوان اور للو کو رہا کر دیا اور اپنے سلوک کی معافی مانگی۔

"انسپکٹر صاحب معافی مانگنے سے کچھ حاصل نہیں ہو گا۔ اپنا رویہ درست کرو۔ اور ہر آدمی کے ساتھ عادی مجرموں کی طرح پیش مت آؤ ورنہ کوئی شانتا رام مانے سچ مچ تمہارا ٹرانسفر ایسی جگہ کرے گا کہ زندگی بھر سر پیٹتے رہو گے۔" یہ کہتے ہوئے جھنگا پہلوان اور للو پولس اسٹیشن سے باہر آئے جہاں وہ برے پھنسے تھے۔

---*---*---*---

جھنگا پہلوان ریفری بنے

چیلنج گراؤنڈ پر فٹ بال کے مقابلے ہو رہے تھے۔ سارا شہر ان مقابلوں کو دیکھنے کے لئے امڈا ہوا تھا۔ اور ہر کوئی رات میں یا دن میں ہوئے فٹ بال کے میچوں اور ان میچوں میں کھیلنے والے کھلاڑیوں کا ذکر کرتا تھا۔

جھنگا پہلوان بھی کئی دنوں سے فٹبال کے چرچے سن رہے تھے۔ اس سے قبل انہیں کبھی میچ دیکھنے کا اتفاق نہیں ہوا تھا۔ صرف ٹی وی پہ کبھی کبھی چینل تبدیل کرتے ہوئے انہوں نے فٹ بال دیکھا تھا۔ اس وجہ سے اس کھیل کے صحیح خدوخال اور اصول وضوابط سے واقف نہیں تھے۔

اس لئے ان کے دل میں آیا کہ کیونکہ آج فٹ بال کے مقابلے دیکھے جائیں۔ انہوں نے اپنے خاص الخاص للو کو ساتھ لیا اور چیلنج گراؤنڈ کی طرف چل دیئے۔ راستے میں جو بھی ملتا ان سے کہتا۔

"ارے واہ پہلوان۔ آپ بھی فٹ بال دیکھنے جا رہے ہیں؟"

"یہ پہلوانی کے ساتھ ساتھ فٹ بال کا شوق کب سے ہو گیا؟"

"پہلوان کیا فٹ بال مقابلوں کی ٹیم کی طرف سے کھیلنے کا ارادہ ہے؟" جھنگا پہلوان ان کی ان باتوں کا کیا جواب دیتے صرف مسکرا کر آگے بڑھ جاتے۔

للو فٹ بال کی تعریف کئے جا رہا تھا۔

" استاد دنیا میں سب سے زیادہ کھیلا جانے والا کھیل فٹ بال ہے ساری دنیا میں کھیلا

جاتا ہے کرکٹ تو آٹھ دس ممالک سے زیادہ ملکوں میں کوئی جانتا بھی نہیں۔ لیکن فٹ بال تارک افریقہ کے گھنے جنگلوں میں بھی افریقہ کے وحشی جنگلی قبائل کھیلتے ہیں اور تو اور دنیا کی ایک قوم جس کو دنیا کے کسی کھیل میں کوئی دلچسپی نہیں وہ بھی اس کھیل کو کھیلتی ہے۔"

"بھئی وہ کون سی قوم ہے جسے دنیا کے کسی کھیل میں دلچسپی نہیں لیکن وہ بھی فٹ بال کھیلتے ہیں؟" جھنگا پہلوان نے حیرت سے پوچھا۔

"عرب قوم، عرب لوگ بھی فٹ بال کھیلتے ہیں۔" للو نے کہا اور ہنسنے لگا جیسے اس نے کوئی بہت مزیدار لطیفہ سنایا ہو۔

چیلنج کے گراؤنڈ میں پہونچ کر گراؤنڈ کے انچارج ولاس راؤ نے ان کا پرتپاک انداز میں استقبال کیا۔ "ارے جھنگا پہلوان جی، آیئے۔ آیئے۔ آج ہمارے گراؤنڈ کی تقدیر جاگی آُ کے قدم اس گراؤنڈ پر پڑے۔" ولاس بولا۔

"ہاں بھئی، سارے شہر میں اس گراؤنڈ پر چل رہے فٹ بال مقابلوں کا شور ہے سوچا آج فٹ بال کے مقابلے دیکھتے ہیں۔" جھنگا نے جواب دیا۔

"آپ فٹ بال کے مقابلے صرف دیکھئے نہیں، بلکہ ان میں شامل بھی ہو جایئے۔" ولاس بولا۔

"کیا مطلب؟" جھنگا پہلوان اس کا منہ دیکھنے لگا۔

"فٹ بال کے جو مقابلے ہو رہے ہیں ہم ان مقابلوں کا ریفری شہر کی کسی معتبر نامور سر کردہ شخصیت کو بناتے ہیں َتا کہ ان کی عزت افزائی بھی ہو اور ان کی فٹ بال میں دلچسپی بھی بڑھے۔ آپ بھی شہر کی مشہور و معروف شخصیتوں میں شامل ہیں۔ اس لیے آپ کو بھی اگلے میچ کا ریفری بنایا جاتا ہے۔" ولاس بولا۔

"میچ کا ریفری اور میں؟" پہلوان گھبرا گئے، "مجھے تو فٹ بل کی اے بی سی بھی نہیں

آتی پھر میں بھلا میچ ریفری کس طرح بن سکتا ہوں۔"

"اب تک شہر کی جن ہستیوں نے یہ فرائض انجام دیئے وہ بھی اس کام کو کب جانتے تھے۔ کام کرتے کرتے سیکھ گئے۔ آسان سا کام ہے۔ کھلاڑیوں کے فاؤل پر نظر رکھنا ہے۔ ان کے فاؤل پر فری کک، پینلٹی کک، کارنر وغیرہ دینا ہے۔ اور کوئی کھلاڑی زیادہ ہی فاول کریں یا خطرناک طور پر فٹ بال کھیلیں تو سزا کے طور پر انہیں یلو کارڈ، ریڈ کارڈ وغیرہ بتا کر میچ سے باہر کر دیں۔" ولاس نے فٹ بال کے ریفری کے سارے فرائض جھنگا پہلوان کو سمجھا دیئے۔

"اگر صرف یہی کام کرنا ہے تو یہ میرے بائیں ہاتھ کا کام ہے"، جھنگا پہلوان نے دل ہی دل میں سوچا اور وہ میچ میں ریفری بننے کے لئے تیار ہو گئے۔ اگلا میچ ایگل اور آزاد ہند ٹیموں کے درمیان تھا۔

ٹیمیں میچ کھیلنے کے لئے میدان میں اتری تو ان کے ساتھ جھنگا پہلوان کو بھی سیٹی اور ضروری کارڈ دیکر میدان میں ریفری کے فرائض انجام دینے کے لئے اتار دیا گیا۔ لیکن وہاں سب سے بڑی مشکل جھنگا پہلوان کی لنگی نے کھڑی کر دی۔

ان سے کہا گیا کہ میچ میں ریفری کے فرائض انجام دینے ہیں تو آپ لنگی اتار کر چڈی پہن لیجئے، فٹ بال کے کھلاڑی اور ریفری انڈرویئر ہی پہنتے ہیں۔ لیکن جھنگا پہلوان نے لنگی اتارنے سے انکار کر دیا۔

"یہ لنگی میری شخصیت کی پہچان ہے اور میں اسے اتار کر اپنی شخصیت کھونا نہیں چاہتا۔"

سب نے بہت سمجھایا کہ استاد آپ لنگی پہن کر ریفری کے فرائض انجام نہیں دیں گے۔ لیکن جھنگا پہلوان اس پر بضد تھے کہ وہ لنگی پہن کر ہی یہ کام کریں گے اور بخوبی اپنا

فرض انجام دیں گے۔ پہلوان کی ضد کے آگے دو ٹیمیں جھک گئیں۔

میدان میں درمیان میں کھیل شروع کرنے کے لئے گیند رکھی گئی اور پہلوان کو اشارہ کیا گیا کہ وہ سیٹی بجا کر کھیل شروع کرنے کا اشارہ کرے۔

پہلوان نے سیٹی بجائی اور کھیل شروع ہو گیا۔

دونوں ٹیم کے کھلاڑی پیروں سے گیند کو مارتے دور تک لیکر چلے گئے۔ کبھی ایک ٹیم بال کو دوسری ٹیم کے میدان میں لے جانے کی کوشش کرتی کبھی دوسری ٹیم مدمقابل ٹیم کے میدان میں۔

پہلوان دور کھڑے اس تماشے کو دیکھ رہے تھے۔

ایگل کے کپتان انزل کی نظر پہلوان پر پڑی تو وہ دوڑتا ہوا ان کے پاس آیا اور بولا۔
"استاد اس طرح ایک جگہ کھڑے ہو کر فٹ بال میچ میں ریفری شپ نہیں کی جاتی ہے۔ ریفری کو بال کے ساتھ دوڑنا پڑتا ہے۔ تبھی تو اسے پتہ چلتا ہے کہ کون سا کھلاڑی کیا غلطی یا فاول کر رہا ہے۔ اور وہ اسے سزا دیتا ہے۔"

پہلوان کے لیے یہ بات نئی تھی۔ اب کھیل کا یہ اصول ہے کہ ریفری بھی بال کے ساتھ ساتھ دوڑے تو انہیں بھی دوڑنا ہی پڑے گا۔

جیسے ہی بال ان کے قریب آئی وہ بال کے ساتھ دوڑنے کی کوشش کرنے لگے۔ لیکن دونوں ٹیموں کے کھلاڑی بڑے پھرتیلے تھے۔ چیتے کی رفتار سے دوڑ کر بال کو اپنے قبضے میں کرتے اور بال کو دوسرے کھلاڑی کی طرف اچھال دیتے۔ ہاتھی کی طرح ڈیل ڈول والا جھنگا پہلوان بھلا ان کی سی پھرتی اور تیزی سے کہاں دوڑ سکتا تھا۔

دوڑنا تو دور وہ ٹھیک طرح سے چل بھی نہیں پا رہا تھا۔

ان کے لئے سب سے بڑی مصیبت ان کی لنگی بنی ہوئی تھی۔

جیسے ہی وہ دوڑتے ان کا پیر لنگی میں اٹکتا اور وہ دھڑام سے منہ کے بل زمین پر گر جاتے۔ تماشائیوں کو فٹ بال دیکھنے سے زیادہ جھنگا پہلوان کو دیکھنے میں مزہ آرہا تھا۔ جب وہ گرتے تو سارا میدان قہقہوں سے بھر جاتا تھا۔ موٹا تازہ، جسم جب زمین سے ٹکراتا تو کئی مقامات پر چوٹیں آتی اور وہاں سے درد کی لہریں اٹھنے لگتی۔

لیکن فرض کی ادائیگی کے لئے وہ پھر سے اٹھتے اور بال کے ساتھ دوڑنے کی کوشش کرتے جب وہ میدان میں دوڑتے تو ایسا لگتا جیسے بہت بڑی گیند میدان میں چاروں طرف لڑھک رہی ہے۔

تھوڑی دیر میں ہی ان پر ایک نئی مصیبت نازل ہوئی۔

ان کی سانسیں پھول گئیں اور وہ ہانپنے لگے۔ ایک جگہ کھڑے ہو کر وہ اپنی اکھڑی سانسوں پر قابو پانے کی کوشش کرنے لگے۔ ادھر انہیں کھڑا دیکھ کر تماشائی شور مچانے لگے۔

"ریفری۔۔۔ ریفری۔ ایک جگہ کیا کھڑے ہو، دوڑو۔۔۔۔ فاول دو۔۔۔۔"

تماشائیوں کے شور سے بچنے کے لئے وہ دوڑتے لیکن پیر پھر لنگی میں الجھ جاتا اور وہ پھر دھڑام سے گر جاتے۔

"استاد کیوں اتنی پریشانی مول لے رہے ہو۔" انزل ان کی پریشانی دیکھ کر ان کے قریب آیا، "لنگی اتار دو، اس میں عافیت ہے۔"

پہلوان نے اس وقت لنگی اتار دی، اور صرف اپنی لنگوٹ پر دوڑنے لگے۔ ادھر تماشائیوں نے سمجھا پہلوان کی لنگی کھل گئی ہے۔ وہ اس بات پر پیٹ پکڑ پکڑ کر ہنسنے لگے۔

اچانک کھلاڑیوں میں ایک آواز ابھری۔

"پینلٹی کک۔"

اور انہوں نے بھی منہ سے آواز نکالی۔

" پینلٹی کک دی جاتی ہے۔"

ایگل کو پینلٹی کک دی گئی تھی آزاد کے کھلاڑی حیران تھے کہ ان سے تو ایسی کوئی غلطی نہیں ہوئی تھی جس کی وجہ سے ان کے خلاف پینلٹی کک دی جائے۔

بہرحال ایگل نے پینلٹی کک پر گول بنادیا۔

پورا میدان تماشائیوں کی تالیوں اور شور سے گونج اٹھا۔

پہلوان نے دیکھا یہ خوشیاں گول بننے پر منائی جارہی ہے۔ تماشائیوں کو گول بننے پر بڑا مزا آتا ہے تو ٹھیک ہے، میں تماشائیوں کی پسند کا خیال رکھوں گا۔

تھوڑی دیر بعد انہوں نے آزاد ہند کو پینلٹی کک دے دی۔

" استاد۔ میری ٹیم نے تو کوئی غلطی نہیں کی ہے کہ آپ نے ہمارے خلاف پینلٹی کک کیوں دی"، انزل احتجاج کرتا ہوا ان کے پاس آیا۔ انہیں یاد آیا کہ کوئی کھلاڑی اگر حجت کرے تو اسے کارڈ نکال کر ڈرایا دھمکایا جانا چاہئے۔

انہوں نے ایک کارڈ نکال کر انزل کو بتایا۔

تماشائی زور زور سے تالی بجانے لگے۔

جھنگا پہلوان کتنی اچھی امپائرنگ کر رہے ہیں۔ ابھی پینلٹی کک دی اور اب ایک کھلاڑی کو بک کرکے کارڈ بتایا۔

انہوں نے انزل کو کون سا کارڈ بنایا تھا اور اس کارڈ کا مطلب کیا تھا انہیں خود اس بات کا پتہ نہیں تھا۔ لیکن انہوں نے دیکھا ان کے کارڈ بتانے پر انزل ڈر گیا ہے۔

پینلٹی کک پر آزاد ہند ٹیم نے گول کرکے اسکور برابر کر دیا۔ اسکور برابر کرتے ہی تماشائیوں میں ایک جوش پیدا ہو گیا اور دونوں ٹیمیں بھی پورے جوش و خروش سے کھیلنے

لگی۔

تھوڑی دیر بعد انہوں نے ایگل کو کارنر دیا جس پر اس نے گول بناڈالا اس پر آزاد ہند کے کپتان کو غصہ آ گیا لیکن وہ جھنگا پہلوان سے حجت کرنا نہیں چاہتا تھا۔ اسے ڈر تھا کہ جھنگا پہلوان حجت کرنے پر اسے کارڈ دکھا کر اسے بک کرے گا۔

اس نے ایک دو کھلاڑیوں کو بلا کر کان میں کچھ کہا۔

تھوڑی دیر میں کھیل کا نقشہ بدل گیا۔

جن کھلاڑیوں کو آزاد ہند کے کپتان نے کچھ کہا تھا وہ بال کے ساتھ ساتھ دوڑنے کے بجائے پہلوان کے ساتھ دوڑ رہے تھے، دوڑتے ہوئے موقع ہاتھ لگتے ہی ایک کھلاڑی نے پہلوان کو ٹانگ ماری اور آگے بڑھ گیا پہلوان منہ کے بل زمین پر گر پڑے۔

دوڑنا پہلوان کے لئے مشکل ہو رہا تھا۔

وہ سر سے پیر تک پسینے میں نہا گئے تھے، دروازے سے ان کی سانسیں پھول رہی تھیں اور جان نکلتی محسوس ہو رہی تھی۔ اپنے اتنے بھاری بھرکم جسم کے ساتھ انہیں دوڑنے کا کم ہی اتفاق ہوا تھا۔ اور یہاں تو مسلسل دوڑنا پڑ رہا تھا۔ اس سے یہاں اس کھلاڑی نے انہیں گرا دیا تھا۔ تھوڑی دیر کے بعد دوسرے کھلاڑی نے انہیں گرایا۔ اور اس کے بعد تیسرے کھلاڑنے۔ وہ ان سے کارنر دینے کا بدلہ لے رہے تھے۔

جب پہلوان کو یہ محسوس ہوا کہ ان سے بدلہ لیا جا رہا ہے تو انہیں بھی غصہ آ گیا اور انہوں نے بھی بدلہ لینے کی ٹھان لی۔

انہوں نے ایک دو تین کھلاڑیوں کو کارڈ دکھا کر بک گیا۔

تینوں کو انہوں نے کون سا کارڈ دکھایا تھا انہیں خود اس کارڈ کے کام کا پتہ نہیں تھا۔ لیکن کارڈ دکھاتے ہی تماشائی شور مچانے لگے۔

"باہر۔۔۔ باہر۔۔۔ باہر جاؤ۔"

"باہر جاؤ۔۔۔"

اور کھلاڑی چپ چاپ باہر چلے گئے تو پہلوان کی باچھیں کھل گئی۔ تو یہ کارڈ ہے جسے بتا کر کھلاڑی کو باہر بھیجا جا سکتا ہے۔

اب صورت حال یہ تھی کہ آزاد ہند کے تین کھلاڑی باہر بھیجے جا چکے تھے۔ اور وہ آٹھ کھلاڑیوں کے ساتھ ہی کھیل رہی تھی۔

تھوڑی دیر میں پہلوان کو محسوس ہوا یہ تو ناانصافی ہے۔ ایک ٹیم سب کھلاڑیوں کے ساتھ میچ کھیلے اور دوسری پورے کھلاڑیوں کے ساتھ فوراً انہوں نے ایگل کے تین کھلاڑیوں کو کارڈ دکھا کر میدان سے باہر جانے کا حکم دے دیا۔

وہ کھلاڑی احتجاج کرتے رہ گئے کہ انہوں نے کون سی غلطی کی ہے۔ کس غلطی کی سزا کے طور پر انہیں میدان کے باہر بھیجا جا رہا ہے۔ یہ تو بتایا جائے۔ لیکن اس بات کا جواب تو پہلوان کے پاس بھی نہیں تھا۔

اس درمیان وقفہ بن گیا۔

اور پہلوان کی جان میں جان آئی۔

للو دوڑتا ہوا میدان میں آیا اور وہ پہلوان کے جسم سے پسینہ پونچھنے لگا۔

"واہ استاد، کیا ریفری کا فرض انجام دیا ہے۔ پوری اسٹیڈیم کے تماشائی آپ کے اس کام کی تعریف کر رہے ہیں۔ کہہ رہے ہیں اس سے اچھا ریفری آج تک انہوں نے نہیں دیکھا۔ انصاف سے کام لیتا ہے۔ کسی بھی ٹیم کی طرف داری نہیں کرتا ہے۔ ایک ٹیم کے تین کھلاڑیوں کو اگر میدان کے باہر کرتا ہے تو دوسری ٹیم کے بھی تین کھلاڑیوں کو میدان کے باہر کرتا ہے۔ دونوں ٹیموں کو پینلٹی کک کا برابری کا موقع دیتا ہے۔"

"سب کچھ خود بخود ہو رہا ہے۔" استاد نے اعتراف کیا، "کیسے ہو رہا ہے، خود مجھے بھی اس بات کا علم نہیں ہے۔ میں تو اس کھیل کا اب ت بھی نہیں جانتا ہوں۔"

کھیل دوبارہ شروع ہوا۔

اب پہلوان نے اپنی طور پر فٹ بال کھیلنا شروع کر دیا۔

ایسا محسوس ہو رہا تھا جیسے سارے کھلاڑی کٹھ پتلیاں بن گئیں ہیں جن کی ڈور جھنگا پہلوان کے ہاتھ میں ہے۔ وہ جس طرح چاہے انہیں نچا سکتا ہے۔ جھنگا پہلوان دونوں ٹیموں کے ساتھ کٹھ پتلیوں والا کھیل رہے تھے۔ جن کی ڈوریں ان کے ہاتھ میں تھیں۔

ایک ٹیم کو پینلٹی کک کارنر دے دیتے۔ وہ اس کا فائدہ اٹھا کر مد مقابل ٹیم کے خلاف گول اسکور کر کے مد مقابل پر سبقت حاصل کر کے خوشیاں مناتی۔ اس کے شائقین خوشیاں مناتے لیکن وہ خوشیاں زیادہ دیر پا نہیں ہوتیں۔

فوراً پہلوان مد مقابل ٹیم کو بھی اس طرح کا ایک موقع عنایت کر دیتے اور وہ بھی اس موقع کا فائدہ اٹھا کر اسکور برابر کر کے اپنے مد مقابل ٹیم کے جوش پر ٹھنڈا پانی ڈال دیتی۔

اس کے بعد ایک دوسرے پر سبقت پانے کے لئے دونوں ٹیمیں پھر سے جوش کے ساتھ کھیلنے لگتی۔ لیکن دراصل جھنگا پہلوان دونوں ٹیموں کے ساتھ کھیل رہے تھے اور انہیں کھلا رہے تھے۔

دونوں ٹیمیں ان کی ریفری شپ کی شکایت بھی نہیں کر رہی تھیں کیونکہ وہ دونوں کو برابر برابر کا موقع دے رہے تھے۔ اگر وہ ایک ٹیم کو غلط پینلٹی کک، کارنر وغیرہ دیتے بھی تو دوسری ٹیم مطمئن رہتی۔

کوئی بات نہیں اگلی بار ہماری باری ہے۔

اس کے بعد جھنگا پہلوان نے ایک نیا کھیل شروع کر دیا۔

آزاد ہند ٹیم کو مسلسل پانچ پینلٹی کک کا موقع دے دیا۔ جس پر انہوں نے مسلسل پانچ گول اسکور کر کے ایگل پر پانچ گولوں کی سبقت حاصل کرلی۔

انزل کے ہوش اڑ گئے۔ اسے اپنی ٹیم کی شکست سامنے دکھائی دینے لگی۔ اسے پتہ تھا اس کی ٹیم اتنی طاقت ور نہیں ہے کہ مسلسل پانچ گول اسکور کر کے برابری کرے۔

لیکن یہ کھیل تو جھنگا پہلوان کے ہاتھ میں تھا۔ انہوں نے کچھ دیر بعد ہی انزل کی ساری فکریں دور کر دیں۔

اس بار انہوں نے انزل کی ٹیم کو مسلسل پانچ موقع دیئے اور ان موقعوں کا فائدہ اٹھا کر انزل کی ٹیم نے پانچ گول اسکور کر کے حساب برابر کر دیا۔ تماشائیوں کا جوش بڑھتا جا رہا تھا۔ ان کے دلوں کی دھڑکنیں بڑھتی جارہی تھیں اتنے گول اسکور ہوں دونوں ٹیمیں اس طرح سے کھیلے گی اس بارے میں انہوں نے سوچا بھی نہیں تھا۔

اس کے بعد اپنے ریفری ہونے کا فائدہ اٹھاتے ہوئے جھنگا پہلوان کے آزاد ہند ٹیم کے دو بہترین کھلاڑیوں کو کارڈ بتلا کر میدان کے باہر کر دیا۔

یہ دیکھ کر آزاد ہند ٹیم کے کپتان کے ہوش اڑ گئے۔ اسے اپنی ٹیم کی شکست اپنی آنکھوں کے سامنے دکھائی دینے لگی۔

لیکن اگلے ہی لمحہ جھنگا پہلوان نے انصاف سے کام لیتے ہوئے ایگل کے دو بہترین کھلاڑیوں کو کارڈ بتا کر میدان کے باہر کر دیا۔

دونوں ٹیمیں مساوی کھلاڑیوں کے ساتھ کھیل رہی تھیں۔

باہر ہونے والے تمام کھلاڑیوں کا کوئی قصور نہیں تھا۔ لیکن قوانین فٹ بال کا کھیل ایجاد کرنے والوں نے بنائے تھے۔

ریفری بنے جھنگا پہلوان ان کا استعمال اپنی طور پر کر رہے تھے۔

دونوں ٹیموں نے میدانی گول ایک بھی اسکور نہیں کیا تھا۔

ایسا محسوس ہوتا تھا دونوں ٹیموں میں میدانی گول اسکور کرنے کا دم خم ہے ہی نہیں وہ گول جھنگا پہلوان کی عنایت سے اسکور کر رہے تھے۔

جھنگا پہلوان کبھی ایک ٹیم کو مسلسل پانچ کک کا موقع دیکر اس سے پانچ گول اسکور کراتے تو دوسری بار دوسری ٹیم کو یہی موقع دے کر حساب برابر کرنے کا سامان مہیا کر دیتے۔

خدا خدا کر کے میچ کا ٹائم ختم ہوا۔

میچ کے خاتمے پر دونوں ٹیموں کا اسکور تھا ۵۰ : ۵۰۔

یعنی دونوں ٹیموں نے ۵۰، ۵۰ گول اسکور کئے تھے۔ میچ برابری پر ختم ہوا، اس لیے دونوں ٹیموں کو ایک ایک پوائنٹ دے دیا گیا۔

اور فٹ بال کے صحیح شائقین اس میچ کو دیکھ کر اپنا سر پیٹ رہے تھے۔ ان کی کچھ سمجھ میں نہیں آرہا تھا یہ میچ دونوں ٹیموں کے کھلاڑیوں نے کھیلا ہے۔

یا فٹ بال میچ کے ریفری بنے جھنگا پہلوان نے۔۔۔۔

---*---*---*---

جھنگا پہلوان نے کراٹے سیکھا

جھنگا پہلوان تین بنی پر اپنی مخصوص کھاٹ پر بیٹھے تھے اس وقت للو ایک ۱۸، ۲۰ سال کے نوجوان کو لیکر۔

"استاد ان سے ملئے ان کا نام ہے رندھیر سنگھ۔"

"ہیلو"، کہتے نوجوان نے مسکراتے ہوئے اپنا ہاتھ جھنگا پہلوان کی طرف بڑھا۔ پہلوان نے اس کا ہاتھ اپنے ہاتھوں میں لیا اور عادت کے مطابق اس کا ہاتھ زور سے دبایا۔

یہ پہلوان کی عادت تھی جو بھی ان سے ہاتھ ملاتا تھا اس کا ہاتھ اتنی زور سے دباتے تھے کہ وہ درد سے چیخ اٹھتا تھا۔

لیکن رندھیر کا ہاتھ دباتے ہی وہ چونک پڑے۔

ان کے ہاتھ دبانے کا رندھیر پر کوئی اثر نہیں ہوا۔ لیکن ان کو ایسا لگا جیسے انہوں نے کوئی پتھر ہاتھ میں لیکر اسے دبایا ہو۔

رندھیر سنگھ کا ہاتھ اتنا سخت تھا، پتھر کی طرح سخت، صورت و شکل سے وہ کوئی نیپالی یا چینی یا جاپانی لگتا تھا۔

"استاد یہ جوڈو، کراٹے اور کنگ فو کے ماہر ہیں تین بلیک بیلٹ یافتہ ہیں۔ اور لوگوں کو جوڈو کراٹے سکھاتے ہیں۔" للو نے رندھیر کا آگے تعارف کرایا "آپ سے ملنا چاہتے تھے۔ سو میں آپ کے پاس لیکر آیا۔"

"آپ سے مل کر بے حد خوشی ہوئی"، رندھیر بولا۔ "میں نے آپ کے بہت چرچے

سنے ہیں۔ میں روٹری کلب کے ہال میں لوگوں کا جوڈو کراٹے سکھاتا ہوں۔ کبھی تشریف لائیے۔"

"ضرور آؤں گا۔" پہلوان بولے، "تمہارے ہاتھ بہت سخت ہیں۔"

"جوڈو کراٹے میں اگر ہاتھ سخت نہ ہو تو پھر جوڈو کراٹے کا استعمال ہی نہیں کیا جاسکتا۔ اس فن میں سب سے پہلے ہاتھوں کو مضبوط بنایا جاتا ہے۔" رندھیر بولا۔

پھر ادھر ادھر کی باتیں ہونے لگی۔ باتوں باتوں میں رندھیر نے بتایا وہ نیپال کا رہنے والا ہے۔ اس نے جوڈو کرائے کی تعلیم تبت میں حاصل کی۔ گذشتہ کچھ دنوں سے اسی شہر میں لوگوں کو کراٹے سکھا رہا ہوں۔

پہلوان نے کراٹے کے بارے میں بہت سن رکھا تھا۔ جس طرح پہلوانی اگر ہندوستانی فن تھا تو چین جاپان کا یہ فن تھا۔ اس کا ماہر اکیلا چالیس پچاس لوگوں سے لڑ سکتا تھا۔

اگر وہ بھی اس فن کو سیکھ جائیں تو یہ فن ان کا جسم اور طاقت وہ کسی چھوٹی موٹی فوج کا مقابلہ بھی اکیلے کر سکتا ہے۔

یہ سوچ کر انہوں نے جوڈو کراٹے سیکھنے کی دل میں ٹھان لی۔ دوسرے دن وہ روٹری کلب ہال پہنچ گئے۔

رندھیر سنگھ وہاں لوگوں کو تعلیم دے رہا تھا۔ پہلوان کو دیکھ کر بہت خوش ہوا۔

" آیئے آیئے پہلوان جی، آپ ہماری کلاس میں آئے ہیں۔ ہماری تقدیر جاگ گئی۔ "اس نے جھنگا پہلوان کا استقبال کیا۔

استاد تھوڑی دیر ایک کرسی پر بیٹھ کر کلاس میں کراٹے سیکھنے والے طالب علم اور ان کے استاد رندھیر سنگھ کا جائزہ لیتے رہے۔

دونوں منہ سے طرح طرح کی آوازیں نکالتے اور ایک دھکے سے خاص پوزیشن میں آجاتے تھے۔ کبھی ہاتھ آگے پیر پیچھے تو کبھی پیر آگے ہاتھ پیچھے۔ یہ تمام حرکتیں منہ سے ایک خاص قسم کی آوازیں نکلنے کے ساتھ ہوتی تھیں۔

پہلوان کی سمجھ میں نہیں آیا۔ ان حرکتوں سے ہاتھ کی مضبوطی کا کیا تعلق ہے۔ ان کے ذہن میں تو رندھیر کا پتھر کی طرح سخت مضبوط ہاتھ بیٹھا ہوا تھا۔ وہ ہاتھ پتھر کی طرح سخت مضبوط کس طرح ہوتا ہے۔ پہلوان یہ جاننا اور سننا دیکھنا چاہتے تھے۔

"ایک منٹ سب رک جایئے اور اپنی جگہ بیٹھ جایئے۔" رندھیر نے اپنے شاگردوں کو بیٹھنے کا اشارہ کیا "ہماری کلاس میں شہر کے مشہور پہلوان جھنگا پہلوان تشریف لائے ہیں۔ میں چاہتا ہوں کہ ان کے سامنے اپنے فن کا مظاہرہ کروں۔"

سب نے تالیاں بجاکر رندھیر کی اس بات کا استقبال کیا۔

پہلوان کو صدر کی کرسی پر براجمان کر دیا گیا۔

اور ان کے سامنے رندھیر نے اپنے فن کا مظاہرہ کرنا شروع کر دیا۔ ایک ٹیبل پر ایک اینٹ لاکر رکھی گئی۔

رندھیر نے منہ سے ایک عجیب قسم کی آواز نکالی اور اپنے ہاتھ کا وار کر کے اس اینٹ کے دو ٹکڑے کر دیئے۔

اس کے بعد رندھیر نے دو اینٹیں توڑ دیں۔

اس مظاہرے کے بعد ایک بڑی برف کی سل لائی گئی۔

اس سل کو بھی رندھیر نے اپنے ہاتھوں کے ایک ہی وار سے ٹکڑے ٹکڑے کر دیئے۔ پھر ایک اسٹو لایا گیا ایک برتن میں ریت ڈالی گئی ریت کو گرم کیا گیا اتنی گرم کہ کوئی اسے چھو بھی لے تو اس کے ہاتھوں میں پھپھولے پڑ جائے اور اس کے بعد رندھیر

سنگھ آسانی سے اس گرم گرم ریت میں اپنے دونوں ہاتھ دھنسا کر ریت نیچے اوپر کرنے لگا۔

پہلوان کی آنکھیں یہ نظارہ دیکھ کر حیرت سے پھیل گئیں۔

اس کے بعد رندھیر نے ایک اور کرتب دکھایا۔ وہ زمین پر لیٹ گیا اور اس کا ایک شاگرد اس کے اوپر سے موٹر سائیکل لیکر چلا گیا رندھیر کو کچھ نہیں ہوا۔

ان مظاہروں نے جھنگا پہلوان کو فن کراٹے کا معترف بنا دیا۔ انہوں نے فوراً رندھیر کے سامنے اس بات کا اعتراف کرتے کہا۔

"میں بھی اس فن کو سیکھنا چاہتا ہوں۔"

"استاد آپ جیسے لوگ ہماری کلاس میں آئیں گے تو ہماری کلاس اور اس فن کی شان بڑھے گی۔ مجھے پورا یقین ہے۔ اگر آپ نے یہ فن سیکھا اور دو تین بلیک بیلٹ بھی حاصل کر لیے تو آپ میں وہ طاقت اور صلاحیت ہے کہ آپ جاپان کے بلیک بیلٹ مقابلوں میں حصہ لے سکتے ہیں۔"

رندھیر کی اس بات کو سن کر جھنگا پہلوان کی آنکھیں چمکنے لگیں۔

اگر وہ یہ آرٹ سیکھ گئے تو وہ جاپان جا سکتے ہیں جاپان کے مقابلوں حصہ لیکر اپنا نام روشن کر سکتے ہیں۔

انھوں نے فوراً کہا کہ وہ کل سے کلاس میں آئیں گے۔

دوسرے دن جب وہ کلاس میں پہنچے تو رندھیر نے انھیں نیچے سے اوپر دیکھا۔

کیا بات ہے، پہلوان نے رندھیر سے پوچھا

'استاد یہ لنگی میں کراٹے سیکھا نہیں جا سکتا۔"

'ہم نے آج تک کبھی لنگی نہیں اتاری۔'

'کراٹے سیکھنے کیلیئے آپ کو لنگی اتارنی پڑے گی اور کراٹے کا مخصوص لباس پہنا پڑیگا۔

کافی بحث و تکرار کے بعد پہلوان لنگی اتارنے کے لئے راضی ہوگئے۔

مشق شروع ہوئی۔

پہلے منہ سے آوازیں نکال کر جسم کی مختلف شکلوں میں ڈھالنا تھا۔

پہلوان کو لگا یہ کوئی مشکل کام نہیں ہے۔ لیکن جب وہ عملی طور پر یہ کام کرنے لگے تو محسوس ہونے لگا کہ یہ کتنا مشکل کام ہے۔

وہ منہ سے آواز نکال نہیں پا رہے تھے۔ آواز منہ نکلتی تو جھٹکے سے اپنے جسم کو وہ شکل نہیں دے پا رہے تھے جو کراٹے میں مطلوب تھی۔

اور اسجھٹکیاور پھرتی سے تو بالکل نہیں جو اس فن کو سیکھنے کے لئے چاہیئے دو تین بار جب انھوں نے ایسا کرنے کی کوشش کی تو کمر میں موچ آگئی۔

کمر کی کوئی رگ دوسری رگ پر چڑھ گئی تھی جس سے جسم سے جان نکلتی ہوئی محسوس ہوئی اور وہ درد سے چیخنے لگے۔

رندھیر سنگھ کو اسطرح کی شکایتوں کا علاج معلوم تھا۔ اس نے فوراً پہلوان کے کمر کی مالش کر کے ایک رگ کو دبایا پہلوان کو فوراً راحت مل گئی۔

اور ان کی مشق دوبارہ شروع ہوئی۔

جھٹکیسے جسم کو لہرانے کی وجہ سے تھوڑی دیر میں ہی ان کے جسم کا ایک ایک حصہ دکھنے لگا۔ وہ سر تا پاؤں پسینے میں نہا گئے۔ دوسرے لوگ بڑے آرام سے یہ مشق کر رہے تھے مگر پہلوان کے لئے ہاتھ اٹھانا مشکل ہو رہا تھا۔

"کوئی بات نہیں استاد' رندھیر بولا "یہ آپ کا پہلا دن ہے۔ آپ کوشش کرتے

رہئے پہلے دن تھوڑی سی تکلیف ہو گی۔ دو چار دن بعد یہ تکلیف دور ہو جائیگی۔"

پہلے دن جب پہلوان گھر آئے تو ان کا برا حال تھا۔

جسم کی بوٹی بوٹی دکھ رہی تھی۔ آنکھوں کے سامنے اندھیرا چھا رہا تھا۔

من چاہ رہا تھا وہ بستر پر گرے اور سو جائے۔

وہ جو بستر پر گرے تو سویرے کی خبر لی۔

وہ یوں تو رات بھر سوتے رہے لیکن اصلیت یہ تھی کہ وہ رات بھر سو نہیں سکے۔

سارا جسم دکھ رہا تھا۔ اور درد سے جسم ایک دکھتا پھوڑا بنا جا رہا تھا۔

دوسرے دن کراٹے کی کلاس میں جائے یا نہ جائے ؟

وہ سوچنے لگے۔

لیکن معاملہ عزّت کا تھا۔ اگر ایک دن میں وہ بھاگ جائیں گے تو لوگ کہیں گے۔

اتنا بڑا پہلوان اور ایک دن میں ہی کلاس چھوڑ کر بھاگ گیا۔

اس لیے وہ نہ چاہتے ہوئے بھی دوبارہ کلاس میں پہونچے۔

اور پھر مشق شروع ہوئی۔

دو گھنٹے کی مشق وہ مشکل سے آدھا گھنٹہ کر سکے۔ دس منٹ مشق کرنے کے بعد جان نکلتی محسوس ہوتی تھی اور وہ ستانے کے لئے ایک کونے میں بیٹھ جاتے تھے۔

انہیں بار بار محسوس ہو رہا تھا یہ ان کے جیسے بھاری بھر کم والے موٹے تگڑے آدمی کا کام نہیں ہے اس کے لیے رندھیر سنگھ جیسا دبلا پتلا لڑکا چاہئے۔

گھر آئے تو دوسرے دن بھی وہی کیفیت رہی۔

تیسرے دن کلاس میں آئے تو انہوں نے رندھیر سنگھ سے صاف کہہ دیا۔

" وہ یہ مشق کرنا چاہئے۔ وہ اس کی طرف اپنے ہاتھ مضبوط پتھر کی طرح سخت بنانا

چاہتے ہیں انہیں ہاتھ مضبوط، پتھر کی طرح سخت کرنا چاہئے۔"

"ٹھیک ہے؟ استاد میں آپ کو ہاتھ مضبوط کرنے کی مشق بتاتا ہوں۔ لیکن یہ کافی سخت ہے۔"

"ہم سخت مشقوں سے نہیں ڈرتے"، پہلوان نے جواب دیا۔ "پہلوانی کیا کم سخت جاں کام ہے۔"

رندھیر نے دو پتھر لا کر پہلوان کے سامنے رکھ دیئے اور کہا۔

"ان پتھروں پر پہلے دھیرے دھیرے بعد میں زور زور سے وار کیجئے۔ ہتھیلی ہاتھ مضبوط کرنے کی مشق کا آغاز یہ ہے۔"

پہلوان ان پتھروں پر اپنے دونوں ہاتھوں سے وار کرنے لگے۔

پہلے دھیرے دھیرے پھر زور زور سے۔

دھیرے دھیرے وار کرتے تو ایسا محسوس ہوا جیسے وہ صرف حرکت کر رہے ہیں۔ ان کے جسم ہاتھ پر کوئی اثر نہیں ہو رہا ہے۔

زور سے وار کرتے تو ہاتھوں سے درد کی ایک لہر اٹھتی اور پورا جسم لہرا جاتا اور منہ سے ایک چیخ نکل جاتی۔

"کیا کریں؟" کچھ سمجھ میں نہیں آ رہا تھا۔

زور سے مار کر وہ درد مول لینا نہیں چاہتے اور زور سے مارنے سے ہی کچھ حاصل تھا۔ جیسے جیسے پریکٹس کا وقت ختم ہوا تو رندھیر سنگھ نے کہا۔

"استاد آپ اپنے گھر میں اس مشق کو جاری رکھیں۔ سامنے جو سخت چیز دکھائی دے اس پر وار کیجئے۔"

پہلوان کلاس سے واپس آئے لیکن ذہن میں رندھیر سنگھ کی بات بیٹھ گئی تھی راستے

میں جو سخت چیز دکھائی دے اس پر وار کر کے مشق کیا کریں۔

انہیں سامنے ایک کار کھڑی دکھائی دی۔ اس کار کی سخت باڈی کو دیکھ کر استاد کو رندھیر سنگھ کی بات یاد آئی۔

انہوں نے اس کی باڈی پر اپنے ہاتھوں سے وار کیا۔

ساتھ میں ان کے جسم کی پوری طاقت بھی تھی۔

کار کی باڈی لوہے کی نہیں تھی پترے کی تھی۔ وار کا پہلوان کے جسم پر کوئی اثر نہیں ہوا۔ لیکن پہلوان کی طاقت کا اثر سے کار کا پترا اپچک گیا۔

کار کے مالک نے پہلوان کو جو ایسا کرتے دیکھا تو آکر انہیں دبوچ لیا۔

" ارے ، میری کار خراب کر دی۔ اب اسے درست کرنے میں پانچ ہزار روپیہ خرچ آئیں گے۔ پانچ ہزار روپیہ۔"

"میرے پاس پیسہ نہیں ہے۔" پہلوان نے کہا تو کار والے نے چیخ چیخ کر سارے بازار کے لوگوں کو جمع کر لیا اور ان کو ساری بات بتائی۔

" اس پہلوان نے میری کار خراب کی اور اب اس کے بنوانے کے پیسے بھی نہیں دے رہا ہے۔"

سب لوگ پہلوان کو کہنے لگے کہ "تم نے اس کی کار خراب کی اس کے بنانے کا خرچہ تو دینا پڑے گا۔"

بڑی مشکل سے کار والا ایک ہزار روپیہ لیکر معاملہ رفع دفع کرنے پر راضی ہوا۔ پہلوان اسے پیسہ دے کر گھر آئے تو سوچنے لگے۔ یہ تو بہت مشکل سودا ہے۔ شام کو ایک آدمی سے جھگڑا ہو گیا۔ انہوں نے اس پر اپنا پہلوانی داؤ آزمانے کے بجائے رندھیر سنگھ کا سکھایا ہوا داو آزمانے کا سوچا۔ اور انہوں نے اپنے ہاتھوں سے اس بازو پہ وار کیا۔ اس

کے بازو پہ پہلوان کا وار پڑتے ہی وہ چیخ کر بے ہوش ہو گیا۔

آس پاس کھڑے لوگوں نے اسے اٹھا کر اسپتال لے گئے، وہاں اسے دیکھ کر ڈاکٹر نے اعلان کر دیا۔

"بازو کی ہڈی چور چور ہو چکی ہے۔ پلاسٹر لگانا پڑے گا۔ ہڈیوں میں لوہے کی سلاخیں ڈالنی پڑے گی۔ تب ٹھیک ہونے کے چانس ہیں۔ ورنہ اس کا بازو کاٹنا پڑے گا۔ کیونکہ ہڈیاں چور چور ہو گئی ہے اور ہڈیاں چور ہونے سے گوشت میں زخم پیدا ہو گیا ہے۔ زخم میں مواد اور بعد میں زہر پیدا ہو سکتا ہے۔ اس علاج پر کم سے کم پچاس ہزار روپیہ خرچ آئے گا۔"

اس شخص کے رشتہ داروں نے پولیس میں رپورٹ درج کرے گی۔ پولس پہلوان کو اٹھا کر پولس اسٹیشن لائی۔ پولس انسپکٹر جب پہلوان کو دیکھا تو کہا۔

"پہلوان آپ جانے پہچانے ہیں لیکن شکایت پر ہمیں کاروائی تو کرنی پڑے گی۔ بہتر ہے آپ معاملہ آپس میں نپٹا لیں۔ ورنہ مجھے آپ کو حوالات میں ڈالنا پڑے گا۔" اس شخص کے رشتہ داروں سے معاملہ نپٹانے کی بات کی تو انہوں نے کہا۔

"ہمیں بھی معاملہ آگے نہیں بڑھانا ہے۔ پہلوان اسپتال کا بل، علاج کا سارا خرچ دے دیں۔ ہم شکایت واپس لیتے ہیں۔"

اگر پچاس ہزار نہیں دیتے تو حوالات میں جاتے۔ کیس چلتا اور اس کے بعد ہاف مرڈر کے جرم میں جیل بھی ہو سکتی تھی۔

انہوں نے پچاس ہزار روپیہ دیکر معاملہ ختم کرنے میں عافیت سمجھی۔

اتنا بڑا معاملہ ہو جانے کے بعد کراٹے سیکھنے کا جنون ان کے ذہن سے نہیں نکلا۔

انہوں نے رندھیر سنگھ سے کہا کہ وہ انہیں کوئی اور آسان راستہ بتائے جس سے ان

کے ہاتھ سخت ہو۔ رندھیر سنگھ نے راستہ بتایا۔

"ایک تھیلے میں دھیرے دھیرے ریت گرم لیجئے اور اس گرم گرم ریت میں دھیرے دھیرے اپنے دونوں ہاتھوں کی انگلیاں اور ہتھیلی کو بار بار ڈالیے اور نکالیے ریت کی گرمی سہنے کے جب ہاتھ کی انگلیاں عادی ہو جائیں گی تو خود بخود پتھر کی طرح سخت ہو جائیں گی۔ انہیں یہ طریقہ پسند آیا۔ انہوں نے اس طریقہ پر عمل کرنے کی ٹھان لی۔

گھر آکر انہوں نے ایک اسٹوپہ ایک گھمیلہ رکھا اس میں ریت ڈالی اور اسٹو جلایا۔

دھیرے دھیرے گھمیلے کی ریت گرم ہونے لگی تو وہ اس گرم ریت میں اپنی انگلیاں گھمانے اور نکالنے کی مشق کرنے لگے۔

گرم گرم ریت میں انگلیاں گھمانے اور نکالنے سے تکلیف تو ہوتی تھی لیکن رندھیر سنگھ کا یہ طریقہ بہت پسند آیا۔

انہیں یقین ہو گیا کہ ریت کی گرمی اور گرم ریت میں اس مشق سے بہت جلد ان کے ہاتھ انگلیاں نہ صرف گرمی سہنے کے عادی ہو جائیں گے بلکہ رندھیر سنگھ کی طرح پتھر کی طرح سخت بھی ہو جائیں گے۔

اور ایک بار ہاتھ پتھر کی طرح سخت ہو گئے تو پھر ان سخت ہاتھوں کے ساتھ اپنی طاقت کا استعمال کر کے دنیا کے طاقتور سے طاقتور انسان کو زیر کر سکتے ہیں اکیلے سینکڑوں لوگوں کا مقابلہ کر سکتے ہیں۔ یہی سوچتے وہ مشق کر رہے تھے کہ کسی نے باہر سے آواز دی۔ باہر آئے تو ایک پہچان والا آدمی ایک مسئلہ لے کر آگیا۔ وہ کافی قریبی آدمی تھا اس کا مسئلہ ان کا مسئلہ تھا اس مسئلہ کا حل نکلنا بہت ضروری تھا۔ دیر تک اس مسئلے پر گفتگو ہوتی رہی۔ اس درمیان ایک دو آدمی آکر اس بحث میں شامل ہو گئے اور اپنی رائے دینے لگے۔ گھنٹوں تک وہ بحث چلتی رہی۔ آخر اس مسئلے کا حل نکل آیا۔ وہ آدمی اس حل کو

مانتے اور اس پر عمل کرنے کے لئے تیار ہو گیا۔ پہلوان کا شکریہ ادا کر کے وہ چلا گیا۔ اس کے جانے کے بعد پہلوان گھر میں آئے۔

"بیکار میں مشق کا وقت خراب کیا۔ اتنی دیر میں میں کتنی مشق کر لیتا۔ خیر ابھی بھی کیا بگڑا ہے۔ دوبارہ مشق شروع کرتا ہوں۔ اب بھی میرے پاس کافی وقت ہے۔ ایک گھنٹہ تو یہ مشق روز کروں گا۔ چاہے کچھ بھی ہو جائے۔" سوچتے انہوں نے اپنے دونوں ہاتھ گرم ریت میں ڈال دیئے۔

دوسرے ہی لمحے ان کے منہ سے ایک فلک شگاف چیخ نکل گئی۔ گھر کر دونوں ہاتھ گرم ریت سے باہر نکالے تو ان کے ہاتھوں میں انگلیوں کی بجائے جلے ہوئے گوشت کے لوتھڑے تھے۔

ایک گھنٹے میں ریت گرم ہو کر دہکتا ہوا انگارہ بن گئی تھی۔

پہلوان کو اس بات کا اندازہ نہیں تھا۔ اس لیے جیسے ہی انہوں نے اپنے ہاتھ اس دہکتی ہوئی ریت میں ڈالی، ریت نے ان کے دونوں ہاتھوں کو جلا ڈالا۔

درد سے وہ چیخنے لگے۔ ان کی چیخیں سن کر محلے والے جمع ہوئے اور انہیں فوراً اسپتال لے جایا گیا۔

جہاں ڈاکٹر نے ان کے ہاتھوں پر پٹیاں باندھی اور کہا۔

ہاتھ کو صحیح حالت میں آنے، اچھا ہونے میں مہینوں لگ جائیں گے۔ اور پہلوان اس دن کو سنے لگے جب ان کے دل میں کراٹے سیکھنے کا خیال آیا تھا۔

* * *